请　　　相　　　信，

这个世界永远只有人懒于做积极的调整，没有人从一开始便甘于平庸。

向 着 你 的 方 向 生 长

Dare
to Dream

着 向
向 着
你 的 方 向
生 长

苑子文

主编

百花洲文艺出版社
BAIHUAZHOU LITERATURE AND ART PRESS

向 着 你 的 方 向 生 长

目 录
Contents

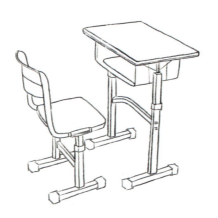

人生海海，我是那么普通，同时又是那么重要。

苑子文

给 学弟学妹的
一封信

学弟学妹，你们好：

　　我是你们曾经且目前还在经历着漫长并充满险阻的学习阶段的学长，很高兴能通过文字的方式，找到你。

　　每个人来到这世间，都带着自己的使命，扮演着属于自己的角色：小孩子要快快长大，大人们要努力生活，学生要好好读书，教师要授业解惑……不同的使命面对的挑战自然是不一样的，而具体分配到每一个独一无二的个体身上时，成长背景和人生经历更是大不相同。

　　但相似的是，带着使命一路长大的我们，明明很想扮演好人生中的每一个角色，却又常常不得不直面自己的短板、弱点，不得不克服自己的懒惰、贪玩，也不得不接受残酷的结果和诸多的无奈，这是我们所有人都要面对的，没有谁能随随便便过轻松的生活。

想到这儿，是不是突然觉得好像生活稍稍公平了一点？

我在你们这个年纪时，每天满脑子都是高考。我无数次幻想过坐在考场上有如神助或者紧张得精神恍惚的场景，还没考试但早就把自己每一科可能考取的分数都估了个遍；我幻想着有一天迈进北大的校门时，该怎么庆祝终于挨过那些一天24小时都要全身绷紧、铆足了劲拼命学习的日子，又该何等潇洒地开始新生活；我幻想着读大学的这几年要挨个打卡想去的地方，还幻想着要去南方城市定居，有一间属于自己的房子……

但也只是想想罢了。

无论是开一分钟的小差，还是坐在操场上看着人来人往的教学楼发呆良久，不管自己愿意与否，我都得从神往中慢慢抽离回到此刻的现实。因为时间不等人，只停留在遐想里，是没有意义的，不管多不舍想象中的那个明媚的未来，哪怕是充满疲倦和失落，也还是要继续对着课本苦读。

我一直认为，容易成功的人，会选择给自己一些美好设想的激励，但同时也会清醒地从当下做起；而那些一味沉浸在自己的理想模式中、不愿意回到现实付诸行动的人，则更容易选择懒怠和放弃。所以这本书我首先想要分享的心里话，是希望你学会审视自己——是否能在有把握的事情上，足够脚踏实地。

这本书的主人公，都是实干的典型，我希望通过他们的故事，让所有读到的人对自我有一个清醒的认知。

读大学之后，我变得很忙很忙，上课，参加学生活动，接一些社会上的商业工作。我特别骄傲地跟身边的人说，忙起来反而变得充实很多。现在的我还算不上够好，但我正在快乐地试错，我很笃定会找到适合自己的生活状态和价值取向，对此我深信不疑。

一所好的大学真的可以带给你很多，它不仅是"安排"你学习、毕业，也是让你融入到生活当中去——改变看世界的角度、做喜欢的工作、交往对的恋人、理解父母和陌生人……总之，与之匹配的一切会——发生。你去到的学校一定程度上决定了你的人生高度，这是我希望你能明白的第二个层次。

以前读高中的时候，再苦再累我都跟自己说，过了这关就好了，但上了大学才发现还要写论文、准备各种考试。压力最大的时候，我又跟自己说，等正式工作了就好了，再也不用担心考试成绩，结果呢？工作中很多事情都非一锤定音。到后来我才慢慢意识到，写作需要广泛地阅读，健身需要重复地训练，当导演要拉片，做偶像要学声乐跳舞，人生需要不停地学习……

充电，放松，调整状态，疲倦，接近崩溃，重新站起，继续学习……我们都处于一个永恒的循环向上的过程。这本书里的八个主人公，无一例外都是"持续学习"型人格，这一点我认为对于个人的发展来说是极为重要的，因为只有拥有持续学习的能力和习惯，我们才能不断摆脱每个阶段的桎梏和负作用力，这是我最后希望与你共勉的。

我与其他七位北大、清华的同学，以高考为叙述背景，以自身经历为线索，尝试着回顾了自己成长过程中最难忘的一部分记忆，并且归纳整理了某一学科或某一方面的学习技巧，等待与你分享。

这本书绝非教科书，依作者本人意见，部分作者姓名和内容采取了匿名化和指代性的处理。能把大家聚在一起不容易，真诚地希望所有读完这些故事的你，能有所感悟，鹏程万里。

苑子文

2019年5月15日

我们都生而平凡，

不要放弃每一个可以变优秀的机会。

苑子文 / 2012 年考入北京大学社会学系，后保送社会工作专业研究生，2018 年毕业后成为一名自由职业者。

"我属于典型的相信付出就会有回报的人。在高中时期，平均每天学习时长达18小时，连周末都不会有休息的空余。压力最大的高三，每四天我才有一天可以在12点前睡觉。我并不是在这里鼓吹熬夜这种学习方式，我也一直相信每个人都有适合自己的学习计划和节奏，但总归'努力'二字是没错的。

毕业后，我选择成为一名自由职业者，不论是写书、做公益还是从事其他的工作，我都在积极地给自己所处的社会一个反馈，也给自己一个元气满满的交代：人生海海，我是那么普通，同时又是那么重要。"

Chapter -1　　慢热的人生注定是一场追赶

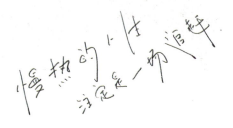

[一]

　　性格很慢热的我，一直是个后进生。

　　从小我就羡慕那种"别人家"的孩子，考试轻轻松松就能拿第一名，还身怀"十八般武艺"，奥数、英语、钢琴、书画……好像这些从来都不是难事，随便一考就能拿个让我望尘莫及的名次。他们让我看见一种优越感，一种对知识、经验、悟性毫不费劲的掌控力，不似我要很费力才能摸清学习的门道，掌握正确的逻辑和章法，要用百分之两百的努力才能慢慢追赶上他们的脚步。

　　但显然，"悟性"是天生的，而我们大部分人生来混沌，只能靠着一点求知欲努力争上游。有句老话：勤能补拙，说的就是这个道理。

　　既然没有天生"神力"，那就只有两条路可以选，要么"画地为牢"，甘于在自己适应的节奏里过安逸的生活；要么"化茧成蝶"，做一些疼痛的改变，让自己离奇迹更近一些，或许能看见人生不一样的风景。

　　骨子里很要强的我，自然选择了后者。

　　我从小学一年级开始就被迫蹲班，因为考试成绩很差，时常在放学后被留下来反思。记得有一次，老师把我妈妈叫到教室门口，手里拿了一沓厚厚的试卷，她遮住了旁边的姓名栏，一张张飞速地翻，边翻边说："你们家孩子，我都不用看名字，就知道哪张是他的试卷……那个字儿，简直是龙飞凤舞！我问你当家长的，管不管他？！"

　　老师说这些话的时候，我正抬头盯着她皱紧的嘴巴和时不时因为愤怒呵责而飞出去的唾沫，我多么希望她能网开一面就此打住。但看她一张一张地翻着试卷，我意识到这次她是认真的。

　　当时我整个人都被一种说不出的羞耻感包围着，站在妈妈身边，连大气都不敢出，头慢慢低下去，脖子也不自觉地缩了起来。我伸出因为和同学玩闹而变得黑乎乎的手，轻轻揪着妈妈的裙子，生怕她因为看到我的试卷而发起飚来。

　　时间一分一秒无比漫长地过去，我屏住呼吸，紧紧地闭着眼睛祈求一切平安无事，但最终，在一声尖锐的抱怨后，老师找到了我的试卷——不及格的分数，很潦草的字迹，妈妈瞪大了眼睛仔细看了看，无言以对。

那天回家的场景，我到现在都记得清清楚楚，妈妈推着自行车，我少见老实地跟在车子另一边，没有了平日里的调皮捣蛋，我们一路沉默着。那是第一次妈妈没有因为我的学习而着急发脾气，我一路都在等待疾风骤雨一般的数落，却一句都没有等到。我不知道她是愤怒到了极点，还是已经对我失望透顶，或是因为别的，总之她没对我说一个字。

我耷拉着脑袋走着，偶然抬头望了眼天空中那半轮残缺的月亮，竟然也很冷漠地照在垂头丧气的我身上。忽然，我用双手捂住嘴巴，没忍住打了个喷嚏，我歪着头瞄了眼妈妈，她的脸上依然平静如水。没等她发话，我赶紧把敞着怀的校服拉链一口气提到了下巴处，虽是已经开春，但瘦小的我仍然不禁生出寒意。

此刻空荡荡的操场显得格外安静，我抱着双臂跟在妈妈身边走了好久，身体因为长时间过于小心谨慎而僵直到有些发木，满脑子都是"龙飞凤舞"四个字……而那也成了我学会的第一个成语。

到家以后，妈妈像什么都没有发生一样去做饭，又叫全家人吃饭。我坐在离她最远的位子，小心翼翼地夹菜，慢慢地咀嚼，然后再小心翼翼地夹菜，生怕某个举动一不小心招来她的注意，使妈妈想起我被找家长这件事。然而一顿饭吃下来她都没有提起这

当 你 意 识 到 你 拥 有 不 一 样 的 魅 力 时，

你 才 算 真 正 拥 有 了 自 己。

件事，反而云淡风轻地和爸爸说着白天发生在单位的那些琐事。

吃完饭我主动帮她收拾碗筷，心想这事应该能顺利翻篇了，正准备抽身之际，她突然唤我，我吓得心里咯噔一下，老老实实站定，准备接受她的批评。然而妈妈仍然没有批评我，而是用很自然的方式和放松的口吻跟我语重心长地谈了会儿，她说："妈妈永远不会因为你的成绩不好而对你发脾气，因为你不是给我学的，你是在给自己长本事。"

看到我似懂非懂地点了点头，她就放我去写作业了。

在那之后，我并没有停止被叫家长的噩梦，但确实次数越来越少了。而在每一次父母和老师的"敲打"与"矫正"下，我这块顽石也一点一点发生着变化。从蹲班倒数，到给班级画板报被老师夸赞，从第一次作业拿 A 到三年级考了双百，从考进初中实验班到升入重点高中的精英班，再到最后考进北大，可以说我经历了一次次近乎完美的拔节与蜕变。

成长的路上，我们都不是神的孩子，谁都难免走弯路、犯错误，但这些都不可怕。真正可怕的，是你一而再、再而三地在同一个地方跌倒；是你从来没有为自己犯下的错误反思过，更别说在这些反思中有所成长；是你意识不到，到底谁才是你人生舞台上自始至终、发光发亮的唯一主角。

就像每一次我高兴地跑回家，抱着妈妈大喊"我给你考了一百分"的时候，她都会打断我，让我把主语换成"自己"再说一遍一样，我的父母深信，让孩子正确地成长，就是把选择权合理地交到他们自己手中。

[二]

小时候家里为我报过五六个兴趣班，奥数、硬笔书法、吉他、油画、素描，等等。但只有游泳这项我一跳到水池里就觉得开心的运动可以称之为兴趣，其他的，都只能算父母眼里我需要变优秀的加分项。

所以除了游泳以外，其他每一项都以我发现自己学着很吃力，于是选择逃课、被老师通知家长，最后与父母摊牌而告终。如果不是站在当下以一个"好学生"的身份坦荡地回望，我也许会感慨，自己当初怎么这么叛逆。

相信很多人都有和我一样的经历。

我的父母和其他所有家长一样，迫切地希望自己家孩子变得出色，希望我会很多东西，希望我能上进。但不一样的是，他们会在我每一次不争气地犯懒想要放弃的时候，不是横加指责甚至惩罚，而是跟我反复确认，并最终尊重我的选择。他们会很认真地对我说："现在的决定，是你自己做的，将来你要后悔的时候，只

真正而对不堪的办法不是躲避，而是直接击碎。

　　能狠狠地怪你自己。你，要为自己的人生负责。"

　　除此以外，再无任何怪罪苛责。

　　后来因为贪玩，因为懒散，因为各种各样属于在小孩子年纪会有的理由，我确实错过了很多学习机会，放弃了很多个兴趣班，而选择过更轻松舒服的周末。

　　是啊，我们都一样，当然不喜欢做辛苦的工作，不喜欢学费劲的技能，不喜欢去陌生的领域打拼，也不喜欢做自己不擅长的事情，我们总是希望自己的时间和精力投入在力所能及、看得见回报的事情上，喜欢侥幸抄个近道、找到窍门，或者干脆就生活在自己的舒适圈里。在大多数人眼里，好像只有那些轻而易举就可以完成的事情，才让人有安全感，才是可爱而令人愉悦的。

　　但某天我幡然醒悟，发现自己并没有经受什么磨砺，也没有足够多的蓄力和准备，就要去为心中高远的目标而拼搏闯荡时，顿感如遇风雨，狼狈不已。

　　所以直到今天，我常常因为没什么兴趣爱好而选择宅在家里；在别人聊起乐器、聊起美术甚至即兴表演的时候，我都会因为毫无谈资而尴尬得插不上嘴；而无数次去录制节目的时候，我都会为自己没什么特长可展示而感到懊悔，有时候还会被节目编导取笑说："你除了学习好，什么都不会，但我总不能让你在综艺节目上背诗吧……"

如此，在每一个因认识到自己身无长技而追悔莫及的时候，我都会想起父母的那句话：决定是自己做的，你的人生你负责。于是我暗暗地告诉自己，当下的结果已经没办法改变，只有付出更多的努力才能追赶上别人。

时至今日，已经不再需要父母像小时候那样强迫我去各种特长班、补习班了，也突然明白了他们当时希望我变优秀、希望我会很多东西、希望我在任何场合都能游刃有余的迫切。大人的世界像是突然就被推到了眼前，还没等你准备好，就被带了进去。

我节省下来很多玩乐的时间，读书、看话剧，充实自己的世界观，尽量让知识面更广一些。没有工作安排的时候，我会去世界各地旅行，抽离出熟悉的环境、单一的状态，也会对生活有新的不同的解读。虽然没办法短时间内迅速掌握一项精通的技能，但每一次有尝试的机会时，我都会更勇敢地去感受。

可能人都是这样，不管旁人怎么说教、强迫都不管用，必须要自己想通，要自己通过成长来验证真伪对错，才能真正明白该如何去做。

所以不管你是在认真学习，还是逃课去做让自己快乐的事情；不管你是打鸡血似的面对每一天，还是试图走捷径省些力气，你都有权利选择任何一种活法，毕竟这是你的人生。但你必须知道，你是自己人生舞台的唯一主角，如果你已经做好准备，今后漫长岁月里无论是风雨同行还是朝霞相伴，都同样毫无怨言地接受，那么你大可以按照自己的节奏过想过的生活；但如果你同我一样，也会在未来某一刻无比地悔恨当初为什么没有更成熟一些、更努力一些，那么就在一开始便认真地对待自己的人生吧。

[三]

读初中的时候，按照地域划分片区我被划到了家附近的一所中学，由于小升初的考试成绩不错，我幸运地被分进了重点班。当时我的成绩也就算得上中等偏上，所以一开始没有被老师太重视，自然也就不那么扎眼。那时的我大概是属于如今看来更像甘于平庸的佛系人格，对很多事情都没有太强的表现欲，混进重点班的舒适感让我一度有些松懈，抱着事不关己的心态基本不参加班级活动，连课堂讨论也不愿意说话，明明一些问题自己知道答案，但就是不想参与。

就这样浑浑噩噩过了几个月之后，原本入学考试因为成绩不如我而进入普通班的弟弟，却当上了班长，几次考试成绩也跟着突飞猛进，拿到了比我好很多的名次。当我还在实验班里懵懵懂懂地混日子，成绩没掉太多就已经心满意足时，弟弟却不一样，他在每一个阶段都明确了自己的小目标，并积极地展开行动。

他喜欢给其他同学讲题，哪怕彼此水平相当，他也喜欢这种互动，用他的话说，这叫鞭策自己的"好学生意识"；他会主动和老师沟通自己的学习情况，在时间允许的前提下，加入了学校的文学社，提高自己当时还比较普通的语文成绩；放学回家他也总是比我先做完作业，剩下的时间偶尔会整理一些班长要做的表格。

　　一个学期很快过去，最后的期末统考弟弟足足超过了我30分，我傻眼了，明明是一条起跑线上的人，怎么竟拉开如此大的差距？我站在榜单的橱窗面前，扪心自问：为什么弟弟可以做到的，哥哥却做不到？

后来我与他竞相刻苦读书，他买的辅导书，用铅笔做完一遍，我擦干净再做；我们每个月会有一次自测，就是互相给对方出一套试卷，然后交换判分、公布成绩；弟弟给自己制订了详细的学习计划，我也制订了很紧张的进度表。因为我深信，人都是有惰性的，但如果别人可以做到的，同样的时间，同样完整的人格，我也一定可以。

不仅在家里这样，白天到了学校，我开始主动与同学讨论问题，虽然有时候我也不太会，但往往在和别人一起讨论时，脑袋里会突然蹦出新思路；我跟老师也有了更积极的课堂和课后互动，我慢慢发现，好像并不是老师不重视我，而是学生实在太多了，她没有办法全部兼顾到，而我只要稍微主动一些，老师就会很愿意给我鼓励和肯定；以前在家里弟弟先写完作业时，我的心也会跟着放松下来，忍不住计划着要跟他去楼下找小伙伴玩，作业也就草草了事应付过去，但现在我会特意在按质完成学习任务之后，再延长十分钟的学习时间，为的是让自己养成一个"耐得住寂寞"的好习惯。我在写字桌前的墙上贴了一张纸，像班里黑板上方抬头就能看见的那个红底白字的条幅那样，上面写着"不待扬鞭自奋蹄"。

第二个学年快结束的时候，我的成绩逐渐从班级中上游，提升到了年级前二十名，在弟弟的几次"怂恿"下，我鼓足勇气去竞选了班长。直到今天，我都记得竞选班长前的那个课间，弟弟握着我的手，眼神坚毅地说："如果一个班里只有一个班长，那么那个人，为什么不能是你？"

要知道，这个举动对我来说不亚于和初恋第一次约会，不亚于现在去剧组试镜，不亚于在一个公开的场合发表演讲，毕竟曾经的我是一个那么躲避讲台、不想表达自己、也没有融入班集体的孩子！

也许是因为平常和同学们打成了一片，也许是因为成绩进步飞快站稳了脚跟，当选班干部更有立场和底气，也许是因为老师的期待与信任，总之我成功地一次票选就当上了班长。就这样一直到初中毕业，我拿了厚厚的两沓奖状证书，一点点追赶家里那面和弟弟高低不齐的"奖状墙"，也开始慢慢习惯"好学生"这个身份认同。

你看，我们都是生而平凡的，所以才要抓住每一个可以变优秀的机会，有时候一次小小的尝试，就可以靠光亮更近一点。

请相信，这个世界永远只有人懒于做积极的调整，没有人从一开始便甘于平庸。

[四]

我高中三年是在杨村一中度过的，那也是最刻骨铭心的三年。

其实起初我是考另一所可以免学费的中学的，但很遗憾发挥得不好，没能考上。我一直都承认自己不是聪明的学生，但毕竟初中也努力过几年，成绩不能说拔尖，但至少考那所学校应该是足够的，于是我不想就这么轻易放弃。

后来我辗转要到了校长的电话号码，编辑了很长很长的短信，大意是诚恳地告诉他，如果他收了我，我会特别努力地学习，不顾一切地给学校争光；如果他相信我，我会拼尽全力考上清华或北大，请他接收我。

结果是，我与校长的短信往来中，只躺着三条，都是我自己发的。

后来父母帮我缴了一笔不菲的学费，送我去了当地最好的中学读书，我带着强烈的自卑感进入了高中，混在三个学霸的身边。他们有沧州的，有廊坊的，有天津当地的，都比我学习好很多。

这种感觉很糟糕，像是三年前初中刚入学时那样，我又一次陷入不想发言、不想表现、也不想被注意到的那种自卑中，循环往复。

我记得高中学习碰到的第一个钉子就是数学，而数学里碰到的首个难题是函数。我就是无法理解，看不懂，也想不通。有一次我拿着笔记本到盯晚自习的老师身边，问她 x 和 y 为什么会有这样的关系，结果被老师以一种半信半疑的眼神，留在讲桌旁边罚站。我很清楚地记得，她非常不解地对我说："这么简单的问题你也问？你站在这儿想，想不清楚，你就一直站在这儿。"

我尴尬地笑笑，如她所说站在一旁苦想。我用余光看见像我一样问问题的同学一个又一个地上来，但不一样的是，几分钟的时间，他们就得到了满意的解答回到自己的座位上去了，而我满脑子都是后悔，或许根本不该向老师表现我的愚钝。

那天晚上我到最后也没想明白，老师也还是给我解答了，我似懂非懂地走回座位，虽然大家都在低着头忙自己的事情，但我还是难为情到满脸通红，一屁股坐在了硬硬的板凳上，为自己的慢热感到失望。

不仅是数学，我在其他科目上也有很吃力的情况。高中时期的政治是需要有答分点的，有的问题明明一两句话就可以解释清楚，但一定要把理论知识作为答分点，然后结合实际再去补充作答。一开始我根本不明白题目和这些理论有什么关系，所以只会写自己认为需要阐述的内容，就连老师都觉得我很轴。

结果自然是得不到什么分。

后来我疯狂地做题，总结相似题目之间的规律，想不明白，我就死记硬背，背下解题步骤，记下分析思路，哪怕不理解为什么要这么写，但也先写下来。结果很莫名其妙地，有一天我突然明白过来了——原来如此。

　　老实说，那种恍然大悟的感觉真好，那种掌握之后的欢喜，像是蛰伏太久的蜉蝣，更让我坚信不管是做什么，都像小时候看的武侠片里一样，需要先做很多"无用功"，然后才可以天下无敌。

高中的前两年，我和弟弟寄宿在当地某户人家里，管住不管吃，每隔几周可以回一次自己家，过个周末，然后再回来寄宿。我还记得有一天下大雪，我们俩拎着妈妈新晒好的被子和一大包吃的喝的返校，车开到小区门口的时候，我们坚持要自己下车，不让他们送到屋里，因为不想把那种温馨的家庭氛围带到冷冰冰的学习环境中，担心这样容易脆弱和分心。

　　我们拿着大包小包跑进卧室，挤在狭窄逼仄的空间里把手上的东西一样一样放下。尽管床头的暖气已经开到最大，但刚从冰雪天里进屋的我们还是很冷很冷，于是我和弟弟就互相把手放在彼此的卫衣帽子下面取暖。

　　等换好新的被子，身体也渐渐暖和了过来，我和弟弟便各自埋头做起复习题来。那时候想得少，没什么多余的心理活动，唯一的想法就是吃得苦中苦，方为人上人。在这一间小小的出租屋里，我熬过无数个人夜，困了就站在桌下靠着墙壁背书，累了就坐在窗边找作文思路。高中的成绩偶尔起伏，考过第一，也有过严重失误，但向来如同一台理性缜密的机器一样，还来不及狂喜或者受挫，就又要投入到新一轮的学习当中了。

　　这种没日没夜熬不出头的日子，实在是太艰难了，我每天都要在心里一遍遍地给自己打气，一定、一定、一定要更努力地去学，哪怕吃再多的苦也要拼一个问心无愧的结果，等学出来，去看看外面更广阔的世界，才算不辜负这十几个平方米里所有的暗暗用功。

其实到了北大之后，我听过很多学霸分享自己的学习经验，意外地发现大家都描述得很轻松，甚至很多人都说高中下了晚自习，基本上不熬夜，回家洗洗就睡了，周末休息的时候还能发展个兴趣爱好。

我在心里浅浅地笑了。

相比这些天才学霸，对于我这种慢热型的人来说，是永远没办法这么轻松面对人生难题的。我一直相信，哪怕是天赋异禀的人都要靠运气才能谈论成功，更何况不那么聪明的人，哪有理由稍有成绩就放松停歇。

所以我曾经真的很努力，几乎是吃着饭看书，走着路背书，熬着夜看书，连洗头发都在背书，只要你能想到的时间，我都在学习。那时候洗手间的镜子旁，贴满了一整面墙的便利贴，刷牙的时候我就背古诗、背单词；晚上熬夜熬不动了，就跟弟弟商量着轮流睡觉，每个人睡半小时，然后再起来换另一个，就这样带着使命感，互相督促，延长能够学习的时间。

为了能熬夜，高中的我咖啡都是一小箱一小箱地买。因为喝了太多的咖啡，像是产生了免疫力，有时候感觉就像喝水一样不管用了，我就索性干吃咖啡粉，一包下口，顺着喉咙化出咖啡浓浓的特有的味道，不知道是真的起了效果，还是心理作用，一般这时候能清醒一整个晚上。

不像现在很多人喝杯咖啡看本书的悠闲，那会儿对我来说，咖啡就是提神的药，没时间品味，也不放糖，硬是捏着鼻子一口就喝下去。所以高中毕业后一直到现在，我都很少再喝咖啡了，像是条件反射一样，仿佛它代表着痛苦的味道，只要一喝，就会胃痛。

后来由于工作安排，我去了很多高中、大学做演讲，每到这时，我从不刻意回避自己曾经因为苦读才能离理想大学更近一点这个事实，对我来说，慢热的人生就注定是场费力的追赶。

我常常对学弟学妹讲，苦不会白吃，不是因为已经站在了北大的校门口，才去讲我曾经有多么努力才能站在这里，而是因为曾经无数次不计辛苦地付出、无限接近扛不下去的极点之后的那么一小点坚持，才有机会站在梦想学府的门口。也因此，我深信，所有的努力都是成功路上的基石，在谈天赋之前，首先要端正态度。就算是天才，如若不经过磨砺与敲打，无论如何也无法成为闪闪发光的金子。

在十年如一日的苦读之后，我有惊无险地考上了北大。从那一刻起，回看我的学习轨迹，大概一直处于一种先混沌后清醒的循环，而在这种循环里的向上觉醒，就是一种成长吧。

所以，其实你现在的学习情况如何，或者工作情况如何，都不是那么重要，以前学习不好的人，一样可以考上北大；现在的工

我 平 生 第 一 次 为 了 一 个 具 体 清 晰 的 目 标 而 努 力 。

作重复、没有价值，或者被其他人抢功，也不重要，一时一刻不是成功，厚积薄发才是大智慧。我一直相信，真正重要的是，培养自己的潜力意识、行为习惯，锻炼自己的思维、提升自我的能力，以及历练内心，获得灵性的成长。

你得把自己当回事，把学习当成自己的事，把工作也当成自己的事，短暂的落后，只是因为每个人的速度不同、起点不同，但这些都不是决定性的因素，就像跑一场马拉松一样，你要有自己的节奏、自己的意志，你要相信时间，得扛住，坚持下来。

因为苦心人，天不负。

Tips

考前独家分享

> 每次考试前，安静的空气、陌生的同学、宣读考场纪律的小喇叭，都让人呼吸局促，感到紧张。那么如何迅速在考场上缓解自己的情绪，并充分利用试卷发下来但还不能动笔的那几分钟就很关键了。

一、集中注意力

在发下卷子之前，为了避免注意力不集中，我通常会在考场桌子上找一个凹凸不平的地方，或者自己用笔画一个黑点，然后视线集中在那个点，盯着看，让心安静下来。这个小技巧有助于帮你舒缓情绪，集中考前的注意力。

二、充分利用开始动笔答题前的几分钟

发下卷子但仍不能答题的那几分钟，也别浪费，提前想好要利用这段时间看什么题目。

1. 语文

通常语文我会审作文题目，然后在心里打腹稿，大概明确自己想写什么主题，会用到哪些作文素材，该如何回到作文题目的中心思想去扣题，以及一些比较精彩的句子。如果你对腹稿没什么信心的话，

建议你可以先读阅读理解题，往往阅读理解题读一遍是不够的，所以提前利用好碎片时间，而不是东张西望或者来回翻试卷查看，甚至盯着卷子发呆，等铃声响起才作答。

2. 数学

数学这一科比较特殊，因为大部分题需要用笔去算，所以绝大多数同学在考前这几分钟，都会随便翻翻试卷，看看都有哪些题型。我是不建议自己"吓"自己的，你看完题目，发现有不会的，会造成心理紧张，而且在高考的考场上，时间都是按秒计算的，所以该抓住的，还是要抓住。往往数学卷子我习惯先看立体几何题，因为它主要锻炼和考察空间想象力，不太需要动笔去计算，你可以用手去比画，想一下到

底要如何求证，如何添加辅助线等。如果还有时间，再看看数列题的解题思路，这两类都是属于比较容易心算的。

3. 英语

英语这一科我会去读阅读理解，因为不管是单选还是完形填空题，我认为都是需要安安静静仔细作答的。不同于其他科目，英语更多是考察语法和语感，有的题目你用笔尖压着题和选项，读一遍基本上答案就出来了。所以考前这几分钟，可以尽可能去把需要理解的长文读透，或者琢磨一下作文会用到的精彩句式。

4. 文综

至于文综，我建议去看一些大题，然后在心里把知识点默背下来，反复几遍。往往进

考场前，我们都会最后再看一看知识点，尤其是政治这种科目。但一拿到试卷，哪怕是清华、北大的同学也还是会紧张，所以这个时候，你就可以在心里把知识点默背一遍，等铃声一响，在题目旁边做一些笔记或记号，再逐一答题。

三、保持精神高度集中

在考场上，尽量少犹豫、少分神，有仔细琢磨"到底这一点答不答"的时间，答案早写上去了。此外，切记尽量一遍过，尽量确认自己选的答案，而不是侥幸于"先选这个"。这样既浪费时间，也不利于准确率，短短两个半小时，思维要活跃，落笔如有神。

最后，要增加自己的确认感，这有利于稳定考场情绪，给自己信心。我可以很负责地

告诉你，不管是多聪明还是多厉害的"学霸"，他们面对高考时，也依然会觉得自己没准备好，没复习完整。当年考完，我也觉得自己发挥得很差，人对自己有低于预期的估计，是很正常的一件事。保持信心，告诉自己，你不会的别人也不会，你只需要把你会的都做对，就可以保证不辜负自己的这些年了。

高考是千军万马过独木桥，确实很难，但大部分人都是这样苦过来的。虽然我不认为高考可以决定一个人的一生，但我至少认同，它可以影响你未来一段时间的人生走向。所以没有理由把这件事当作儿戏，掉以轻心，或者想要放弃。

六年前我从考场走出来的时候，也未曾想过自己能到北

大就读，遑论出书把这一点点
经验写给你。人生无处不惊喜，
愿你也渡过这关，并一路璀璨。

,,

有 时 候 一 次 小 小 的 尝 试 ， 就 可 以 靠 光 亮 更 近 一 点 。

摄影：小汤然

苑子豪 / 2012 年以全校第一名的成绩考入北京大学国际关系学院，念国际政治专业。2016 年，被保送至北大国际关系学院攻读硕士研究生，念中外政治制度专业，2018 年毕业，结束在北大的六年学习生涯。

"高中时期的我非常刻苦，学习的动力是想让自己在同样的时间内变得更优秀。经历过意外的挫败，也接受过无法抗拒的成绩打击，但是仍然一路勇敢前行。相信笨鸟先飞和熟能生巧，更相信只要肯努力，万事皆可能。

研究生期间，我开始广泛扩展自己的眼界，在课堂内外学习更多的知识、道理、经验。毕业后成为了一名青年作者，同时还在不同的领域进行着很多跨界合作。这时候我对自己说，别看别人眼光，专注自己生活。"

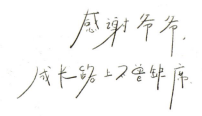

[小时候]

"所有的乡愁，其实都是因为馋。"

最初听到这句话的时候，就觉得说得真对。仔细回想一下，我对家乡食物的所有记忆，虽然没那么丰富，但仍然无比宝贵。

我出生在北方一个极其平凡的小城里，这座城市没有水，没有山，没有任何的名胜古迹和旅游景点，也没有特色的美食和纪念品。逢寒暑假结束，又到开学之际，室友们纷纷带来自己家乡的特产美食：澳门的室友带来了粤式点心，昆明的室友带来了鲜花饼和云腿月饼，沈阳的室友带来了东北特产，台湾的室友带来了台南小吃。

只有我，两手空空。

即便如此尴尬，也丝毫掩盖不了我对家乡美食的热爱与回忆。

它们热烈肆意地占据着我对家乡的思念，它们就藏在很多个角落里，悄然无声，平凡到让人容易忘却。然而每当哪怕一点点关联出现时，它们就会像疯长的草一样，爬满我的味蕾，爬满我的浮想，爬满我的表达欲望。

我最爱家乡的火烧夹肉。

吃火烧夹肉，多是受爷爷的影响，那是他最爱吃的早点，于是在跟爷爷一起生活的日子里，这也毫无疑问地成了我和哥哥的早点。

这家店铺不算大，由一对中年夫妇经营，店铺名字也很简单，随男人的姓氏而起。每天早上六点不到，小店就随着渐渐苏醒的城市开张了。

小店的肉只选用当天新鲜优质的猪肉，肥瘦相间，独家秘制香料配方，大火熬炖三个小时，再用肉汁浸泡一整夜。第二天打开锅盖，肉质肥美软糯，卤蛋光泽滑润，浓油和赤酱完美混合，成为独特的肉汁，满满一锅的幸福感。

女人用铁质的汤勺舀满满一勺红烧肉，平铺于一个早被菜刀剁得满是痕迹的圆形木板上，她双手握着两把菜刀，有力又充满节奏地将肉剁碎。

这过程看似简单却有章法，横竖有序，碎细统一，直到肉被切成丝块状，既不是丝，也非块。起初我并不认为这有什么了不起，后来才知晓，丝块状的肉夹在酥脆的烧饼里，使被咬下的每一口火烧都能配上比例相当的肉，这才算得上完美。

肉剁好后，会再切半个青椒。青椒的搭配也很讲究，要既不辛辣，又清爽解腻。青椒首先是被单独切制的，大小和丝块状的肉相当，随后会被加入到肉里，混合剁制，充分融合。

最后一道工序是我的最爱，那就是用汤勺从锅里舀上半勺温热的肉汁，洒在剁好的青椒肉上，这时候，肉由于被剁碎，又浇了汤汁，已经彻彻底底湿润绵软了。

在小时候，我是绝不会在意这些看似程序复杂的手艺的，小孩子往往看不上大人的那些复杂，他们只单纯依恋简单的结果，好吃就是好吃，难下咽就是难下咽。虽然少了很多品鉴的心理过程，却也轻松畅快。

我问过爷爷，为什么要这样麻烦地做一个简单的早点。

爷爷说，付出心血做的事情，才会换来回报。

在年岁尚轻的时候，是领会不到这句话的含义的，满眼都是不必要的鄙夷，也难耐着性子去体会个中滋味。直到慢慢长大，每一次着急的行动都收不到想要的结果，每一次急功近利的渴望都以失望告终，每一次贪图捷径的敷衍都让自己越错越远，这才恍然大悟，这世间万事皆不易，付出多少，就会得到多少。

可能正如《小王子》里所说，"你在你的玫瑰花上花费的时间，使得它变得如此珍贵"，我们每一点投入，都将使回报变得可以更丰厚一点。

到现在我仍记得爷爷跟我讲的这句话，它仿佛锅中的汤汁一样浓稠，浇在我接近干涸的心灵上，一次又一次。

除了这浓郁的汤汁外，这家店的火烧也很有特色，椒盐口味的内馅，外表撒满颗粒饱满的黑芝麻，然后放置在巨大的烤炉里烘烤，直到变形，蓬松圆鼓。

火烧的外皮酥脆无比，内馅却潮湿温润，这样的口感搭配浓油香腻的红烧肉末和清新的青椒碎粒，简直是老天对味蕾的恩赐。

我爱吃这家店的火烧夹肉，或者说，我爱同爷爷一起去吃。

爷爷是这家店的忠实顾客，更准确地说，是狂热粉丝。一年四季，他一天不落地在这家小店吃早餐，不管刮风下雨，还是酷暑严寒，他都要来吃上一顿，好像只有吃过火烧夹肉的早晨，一天才算真正开始。

我上小学那会儿，爷爷甚至还在店里给人家免费帮忙，偶尔收个零钱，顺手端个盘子，或者吆喝两嗓子"借过儿"，虽然是简单的帮忙，但他却乐在其中。

每天早上他都会盯着店铺的男主人给我煮一碗北方的馄饨，一碗十个，佐以虾皮、紫菜、香菜和半勺肉汤。馄饨皮薄剔透，馅料虽然小，却荤味十足。由于能吃，每天早上我总是会吃一个烧饼夹肉，再吃一个烧饼夹肉汁卤蛋，再连汤带水地吃下一整碗馄饨。

那时候不爱上学，早上总赖床，唯一让我起床的动力就是吃早餐，好像这家店铺真的唤醒了我和爷爷的味觉灵魂。

有阵子夫妇没出摊，我和爷爷要脾气，闹腾了很长一段时间。后来才知道，老板娘的老父亲住院了，因此夫妻俩着急回老家去陪护。

爷爷每天都会起很早，比我早很多出门，他是要先去那条街上探望探望的。倘若店铺依然没有开门，他老人家就会垂丧着脸，生怕我又噘着嘴不依不饶地抱怨。于是他只能哄骗我，给我买小卖店里的果脯面包回来，喊着："上学要来不及啦，带个面包到学校去吃吧！"

每每这时，他都会骑着一辆古板又老旧的自行车载我去上学，我们走另一条远一些的路，耗时长，又难走，唯一的好处就是绝不会看见那家早点铺。

他是不肯也不敢带我去走那条街的。起初我认为，爷爷肯定是怕我到了店铺门口，发现没开门而跟他耍赖哭闹，所以我记恨过他，怪他如此狠心，为了自己片刻的安宁，不带我再去看看店铺是否开了门。

后来站在那条街的巷子口，我向前望着，脑海里试图拼凑出爷爷探路的样子，他一定无数次怀着紧张的心情过去，步履坚定而急促，又无数次慢悠悠地遗憾而归。

我这才彻悟，原来他只是单纯地想小心翼翼地保护我的"不失望"，正如后来人生里保护我的每一次一样。

终于有天店铺开门了，可夫妇两人神色都不太好，询问一番，是因为老父亲的病很重，结果并不乐观。更让他们纠结的是，如果救治，这几年辛辛苦苦赚来的血汗钱，基本上都要花出去了。

那段日子，老板娘的青椒形状切得乱七八糟，肉汁的味道，也偶尔清淡，偶尔过重。

有天早上，我一边喝馄饨汤，一边看爷爷和他们"打架"，我摔下勺子就跑去劝阻。后来才知晓，是爷爷自己拿了五千元钱要塞给他们用，夫妇俩死活不肯收。

爷爷和他们的感情远不止于此，他常把我和哥哥的故事讲给他们听，家里偶尔有些亲戚朋友送来的礼物，他也毫不吝啬地拿去塞给他们，即便奶奶为此总是一肚子火气。

爷爷的味觉神经是很敏感的，遇到肉汤炖得滋味不对，或是火候不到，他都会严厉地斥责夫妇俩，并且一板一眼地要他们认错。我常看到夫妇俩面对这个头发花白却一脸严肃认真的老人，笑得前仰后合，他们心里明白得很，对他们，这个老人有多较真，就有多真心。

小店坚持开了一阵子，就又关了。

而且这一关，就再也没开过。

那段日子，心神不宁的爷爷常走神。猜到应是老板娘的老父亲不太妙了，我不再哭闹，可爷爷依然心不在焉。

早上上学的时候，我总是跟在他后面，他不再避讳走那条有早点铺的街了，不知道是因为我很少再闹，还是因为小店已经彻底关张不会再开，而不必有额外的担心。

每每路过那条街的时候，他都会驻足望着那家早点铺很久很久，然后回过头，拉起我的手继续朝前走。

后来我吃过油条，金黄的油条炸得香酥无比，配上北方充满卤汁的豆腐脑，也算一种美味；我还偶尔吃煎饼，要放很多辣椒酱和香菜，一口咬下去，满口酥脆；还有猪肉包，松软的外皮里是带着汤汁的猪肉馅；炸糖饼、鸡蛋灌饼、薄饼卷三丝……

还有诸多诸多早餐，我都觉得好吃。

只是爷爷，再没吃过一顿让他恢复些许神色的早点。

半年后，我们的小城要竞选全国文明城市，这种路边的平房门脸店大部分都被贴了条，要求拆掉，它们被视作这个城市丑陋的异类——清晨，厨房的油一下锅，店铺就开始冒着浓烟，多数厨房被烟火熏得发黑，摆在外面的不整齐的椅子，时常侵占着人行道；遇上不讲究的食客，鸡蛋的碎壳、擦完嘴的纸、不喜欢吃的配料，都统统丢在地上；还有溅落在地的油渍，把地面变得斑斑点点……

它们以突兀的矮小姿态，与弥漫着香水味道的高楼大厦格格不入。

它们像没有纪律的漫游者，与规矩做着相斥的对抗。

它们被这个时代创造，又被这个时代抛弃。

多少年过去了，我再没吃过家乡的火烧夹肉，现在生活在北京的我，习惯把面包和麦片当作早餐。每个清晨，每当我拿起碗，往里倒入现成的麦片和酸奶时，总会觉得缺乏一种纯粹真实的幸福感，尽管我知道，搭配好的麦片拥有丰富的营养。

我想念等火烧被烤酥脆时产生的饥饿感，想念闻到肉汁味道时情不自禁流下的口水，想念着急贪吃时被馄饨热汤烫到的嘴，甚至想念那些不卫生小店的不完美。

前天我打电话给爷爷，问他那家店是不是始终都没有再联系上，他答是的。

爷爷问我，是否知道这么多年过去了，他对早点铺最大的遗憾是什么。

我猜是夫妻俩一声不吭就走了，像人间蒸发了一样消失不见，太伤人心了，尤其是当时给他们救济的五千元钱，也打了水漂。

爷爷答，不是。

在夫妻俩最后一次关店的那天，他们来家里拜访，可惜当天爷爷没在家，只有奶奶在。

奶奶收下了他们送来的牛奶，连同夫妻俩退回来的五千元钱。

"老太太，谢谢老爷子的照顾，我们发了点财，不准备干卖早点这个事情了。我们要去全中国旅游了，让他老人家放心！送两箱牛奶，您也劝劝他，别老想着我们家的那个破早点，没什么营养，多喝点奶，比吃烧饼强！"

那日，夫妻俩如是说。

我忽然明白了爷爷的心结，正如他常对我所说——

"人的一生是一场匆匆的旅程，要遇见的时间很长，而错过只是一瞬间的事情；然而错过可能只需要几秒钟，忘记却要用很多很多年。"

我一直记得爷爷说的这些话，于是我睡在深情的岁月里。

枕着许多许多的珍惜。

[长大些]

我们每个人都会经历一段青春期，在那个敏感的时间段里，很多人都试图把自己藏起来，藏得很深很深，即便是很亲近的家人，也无法拥有我们的秘密。

我和爷爷相处的过程中，也经历过这样一段日子，那时候我正读中学。

由于父母工作繁忙，初中时我和哥哥通常都是住在爷爷那儿，到了周末才会回自己家，与爸妈团聚。

记忆已经模糊了事情原本的样子，只大约记得小学毕业后，我们就拒绝住在爷爷家里了。我的原因很简单，我希望睡在自己的床上，而不是跟哥哥一起睡在爷爷的床上。而且渐渐地，叛逆的自我主义冒出了头，我开始嫌弃爷爷睡觉打鼾，或是早上起得太早，总吵醒我。

　　记忆里跟爷爷的争执，最清晰的一次就发生在我读初中的时候。那年夏天格外地热，爷爷带我去买冰棒。人民广场边上有很多推着冰柜车的移动摊贩，我手里攥着钱，找到冰柜极大的一家去买。

　　小时候爱吃的冰棒很简单，甜到齁的七彩旋，或是有碎冰在里面的冰工厂，黄桃和山楂口味的都好吃。还有一种冰棒，一袋有五根不一样颜色的，分别是不同的口味。

　　小孩子的味觉很容易满足，他们也根本不会在意什么色素和添加剂，不像长大后的我们，学会了小心翼翼地挑选，多了保护自己的能力，却也少了很多干脆的快乐。

　　由于选冰棒的时间有点长，老板娘显然有些不悦，等我选好准备拿出来的时候，她着急地把冰柜的推拉门关上。因为还没完全把手抽出来，我的手指一下子就被推拉门夹住了，疼得我"啊"地叫出声来。

　　我知道老板娘是带着怨气故意这样对我的，于是我把冰棒摔在她的冰柜上，并且用恶狠狠的眼神瞪着她。由于爷爷在身边，所以老板娘还是有些歉意，她眼神慌乱，不知所措地看着我们，显然是担心我们会拉她去医院看手指。

　　没想到的是，爷爷竟然呵斥我，要我把摔在冰柜上的冰棒捡起来，并且跟老板娘道歉，说自己不该把冰棒砸在推拉门上。

惊讶多于委屈，心里面所有的酸涩瞬间奔涌而出，我一度质疑，他为什么要这样做，明明我才是他的家人。

小孩子难免不服气，我心里这么想着，眼泪就顺着脸颊不停地往下掉，老板娘也在一旁使劲说着好听的话，哄着我说没事没事，是她关门着急了些，并且要送我那根早被摔成两半的冰棒。

爷爷让我把口袋里的零花钱拿出来，把冰棒钱给老板娘。我更加委屈了，哭得稀里哗啦。

我的难过，我的无助，我的渴望长大和渴望自由，我的挣脱，我的叛逆，全在一瞬间迸发出来，我抹着眼泪直接跑回了家。我一路跑，一路嘴里骂着爷爷，他一定是全世界最坏、最糟糕的爷爷，才会这样"狠毒"地对我。

回到家里，我抱着奶奶就开始哭。奶奶心疼坏了，不停地哄我，用手擦拭我早就哭花的脸。

记忆很深刻的是，那天爷爷回到家，手里拎着那根被摔成两半的冰棒，然后放到了冰箱里。看样子他最终还是把它买了回来，尽管按照路程和天气估算，这根冰棒早该化成了糖水。

夏日炎炎，等哭够了之后，我坐进家里铁制的大澡盆里冲凉，这才有了片刻舒爽的感觉。心里面的那些委屈和不安、烦闷和不解，也渐渐随着冲凉而消退。

晚饭是捞面，配两种卤。

北方的捞面很简单，手擀面放入锅中煮熟，捞出来放置到凉水里浸泡，这样的面条会更筋道。西红柿鸡蛋卤里会放木耳碎片、葱花，还有芝麻油，甜咸口味；而炸酱卤里是鸡蛋、青豆和葱花，咸香无比。

穿着一件白色的跨栏背心，我低着头走到桌子前，头也没敢抬地就准备捧起碗吃捞面，始终不敢把眼神和爷爷对上。

两筷子捞面、一勺黄瓜丝、一勺豆角丁、一勺白菜丝、一勺西红柿鸡蛋卤、一勺芝麻油蒜泥，我慢慢搅拌，然后把面条往嘴里送。

爷爷忽然开口了，并给我又夹了一筷子从外面买来的卤猪肝，说："你长大就会渐渐明白，真正的君子，不会去以小人之心斤斤计较，越宽宏大量，就越容易得到尊重，这是第一。"

他又夹了一筷子猪耳朵，放进我碗里，说道："第二，有能力的人，是要让对方感到羞愧，感到折服，感到自愧不如，而不是去和对方对抗。你的每一分魅力，靠的是让对方心悦诚服，而不是任性地耍脾气，或者任何武力模式的压制。"

他自己夹了一粒油炸花生米，放进嘴里，继续说："你常常会遇到自己不喜欢的人，也包括不喜欢的事，以平和的心态去面对，才能让自己更舒服，这是第三。"

他刚说完，我的眼泪就哗哗地流下来。

我一边往嘴里拼命送着面条，一边夹着爷爷给的这满满的爱，这才明白，他是，且始终是最爱我的那一个。

时至今日，我都一直跟自己说，学会把生活当中的那些不悦看淡，学会把命运里的那些无常习以为常，人生才会更加辽阔。

爷爷对我的影响远不只教会我做人做事这些道理，他给我的最大力量，莫过于高三那年的陪读。

那时候为了节省时间，爸妈在学校对面的小区里给我们租了房子，每天上下学只需要五分钟的路程，可以最大程度地便利我们的学习。

由于高中生活很苦，尤其是到了高三，日子更加难过，于是爷爷主动要求来陪读。八十岁的他负责一日三餐，生活一点也不简单，而是充满了忙碌。

早上五点半，爷爷就要去外面给我们买早餐了。为了让我们吃得更合胃口一些，早餐一周基本上不会重样，也因此，最远的一家牛肉馅饼，他需要走二十分钟才能买到。

我们吃早餐的时候，爷爷就会去帮忙把要穿的衣服都放在沙发上，把水壶里的热水灌好，把昨晚剥好的核桃和坚果放在保鲜盒里。吃完早餐的那一刻，我们就可以直接穿上衣服背好书包奔学校去了。

等我们去上学了，他便开始准备午饭。为了让我们有更好的身体，他变着花样地给我们炖补品，熬汤、炖鱼、烹海鲜……没事的时候就去书店里找营养学的菜谱书，一道菜谱一道菜谱地抄在本子上，回来给我们做。

　　午饭过后，爷爷收拾完饭桌就要给我们准备下午的补给品了。下午通常是水果，偶尔也有别的零食，搭配好放在保鲜盒里，再把水壶灌满，衣服放在沙发上。我们出发去上课后，不多久他又要开始准备晚饭了。

摄影：豚条归一洋 Kyosawa

　　而下晚自习回来时，爷爷永远会给我们准备好热乎乎的洗脚水，让我们泡脚放松。消夜是早就准备好的酸奶，里面放了坚果碎粒，帮助我们熬到夜里十二点。

　　就这样，这一天忙忙碌碌地结束了，他疲惫地睡下，没几个小时就又要起来应付新的一天了。我们之间这种紧张的默契，持续了一年之久，每天爷爷为我们节省的时间，足够抵消一部分不踏实。

所以说那时候的累都不算累，学习再辛苦，瘦下来三十斤，也一点不觉得苦，因为我始终知道，在我身后一直有一个八十岁的老人在坚持着，他老人家一天不喊放弃，我就一天不喊放弃。

我们爷孙之间就这样一天又一天相互支撑着。这中间当然也出现过各种状况，比如吃着饭就看见爷爷的鼻血哗啦流下来，比如到了冬天他的膝盖疼到没办法快速走路，比如偶尔他睡过了头，懊恼无比……

而这期间我也经历过无数次崩溃的瞬间，有过无数次脆弱到掉眼泪的时候，跟自己说着"我不行"和"我坚持不下去了"。然而，爱可以让人变得更加坚强，为了彼此，我们都在努力。

高三一年的陪读时光很快过去，经历了所有欣喜、悲伤、沮丧、迷茫、坚毅之后，我毕业了，也如愿以偿考入了北大。

离开那间租来的房子时，爷爷有些不舍得，他骄傲地跟邻居说："就是在这个夏天闷热、冬天漏风的小破房子里，我培养了两个北大的学生。"

任他吹吧，随他自恋吧，由他到处炫耀吧，他吃了太多苦了。

谢谢爷爷倾注在我身上的每一分支持，它们已经成为我的武器，与我一同战斗至今。

[而现在]

爷爷今年八十五岁，身体健康，常挂念我们。

我和哥哥从小就是由爷爷带大的，因此与爷爷的感情非常深。

记得很小很小的时候，我和哥哥常打架，只要肢体碰到一起，就会发生冲突。于是爷爷睡在床中间，把我和哥哥各放一边，由此隔离开来。爷爷习惯了每天要午休半小时，可小孩子精力旺盛，根本不想睡什么觉。所以我就睁大眼睛，盯着天花板看，心想这大把的好时光，根本就不该躺在床上浪费掉。

因此只要我给哥哥哪怕一个"嘘"声的信号，他都可以立刻理会我，也准备着，随时和我战斗。

由于被爷爷在中间隔开，所以我们只能在头顶上空打架。就在爷爷午休时，其实我和哥哥已经在他的"领空"打得不可开交了。

偶尔被他老人家发现，会让我们隔得再远一些，等远到在爷爷的"领空"再也碰不到彼此的手脚时，我们就发明了新的办法——趁爷爷睡着，偷偷坐起来，坐着打。

有次动作大了点，不小心把爷爷吵醒，我和哥哥就随手做了个伸懒腰的动作，好像刚睡醒坐起来一样。爷爷问，怎么两个人都在伸懒腰，我抢着回答说："双胞胎有心电感应。"

从小到大，爷爷一直陪着我们，教我们读书写字，对我们寄予厚望，也叮嘱健康，然后不知不觉地，我们随着慢慢的时间长高，他随着快快的时间变老。

爷爷是一个爱读书的人，年轻时候勤恳学习，拿了不少荣誉奖励，成年后做文化工作，四处发表文章。有次"五四青年"的表彰活动，还是当时的国家领导人给他颁的奖，那张照片他贴在家里相册的第一页，每每翻起，都会骄傲地给我们讲述一遍。

因此他盼我们好好念书，考上理想的大学，为社会效力，也受到这样的表彰。

于是从很小的时候，他就对我们的学习格外关注，在他老人家的眼里，我们人生的道路早就被他设想好了——认真做功课，考上名牌大学，然后进入政府机关工作，扎扎实实实现人生价值。

只是并不太如他老人家所愿，我们选择了一条让自己快乐的道路。

我和哥哥在硕士毕业后并没有去找一份稳定的工作，而是听从内心的声音，做着自己喜欢的事情。我们写作，偶尔也参加一些社会活动，做护肤品公司，也去戏剧世界里体验了一把。

我常听爸妈说起，爷爷总是问，硕士毕业后，我们工作落在了哪里。每当爸妈跟他慢慢解释，我们现在在做自己喜欢的事情，做自由又快乐的工作时，他还是会问，什么是自己的事情，又哪里来的自由。

每次见面爷爷都会询问我的生活，打听我的工作，直到一次又一次，渐渐问得不清晰，问得不有力，问得无章法，问得无头绪，我才恍然知道，爷爷老了。

他有很多好习惯，比如爱读书，最近这次来我家里，还是一屁股就坐在我的书堆前，一本一本翻。我看他把一本林清玄的书拿在手里反复翻看，多半是喜欢，就顺着说这本我早看完了，让他拿回家去读。

而我出版的书，他早就翻烂了，以至于某句话、某个情节，他常比我记得更深刻。

我给他拿了礼物，又去给奶奶翻一些可以带走的物件，比如八十三岁的她，偏爱香水，我送过她一瓶，这次她又在我的香水柜前打转。拿完了香水，她又喜欢我在家里点的蜡烛，只好许诺她，等下次再去巴黎给她带几瓶好闻的蜡烛回来。

去年我们代言了一个挺知名的头发洗护品牌，每次出新品，品牌方都会送来，我选了一些适合老人的拿给奶奶去用。这次刚好又送了一些过来，我便挑选了一些装在袋子里拿给奶奶。她说家里只有她一个人用，上次送她的还没用完，我随即问怎么是一个人，爷爷为什么不用。

奶奶答复我，爷爷说自己没什么头发，坚决不要用这些东西，稍微长长了一些，用香皂就直接洗了。

我跟爷爷有些严肃地说，香皂只可以洗手，不可以洗头。洗头发要用洗发液，洗身体要用沐浴液，每类产品有每类的使用规则，不可以混为一谈。

他笑了笑说："爷爷都这个岁数了，分那么清干什么？"

我怕他是不舍得用，于是又解释一遍说，这些都是别人送的，没有花钱，而且一直送，一直有，要他随便用。

我说的每一句事实，在他看来都是安慰的假话，不管我怎么说，他都只会问我一样的问题："免费送的你也要付出代价呀！哪里有白来的便宜？"

他一向"不信任"我，或者与其说不信任，不如说他一向"担心"我。担心我的工作，担心我的前途，担心我的生活，他总是一百个不放心，也坚决不肯相信我所说的那些别人给我的好心好意都是真的，他总认为，我没找到一份安稳的工作，一定过得很慌张。

可能看我说了他几句，于是爷爷就把我拉过去坐在沙发上，他将两只手放在我的腿上，拍了拍："别老惦记爷爷奶奶，你们挣钱不容易，自己留着花，不要再给我们拿任何东西了，我们什么也不缺。"

看我又是一脸的无奈，他接着说："放心吧，爷爷会好好的，照顾好身体，不给你们惹麻烦添乱。你们找到自己喜欢做的事情，只管往前冲，只要是正确的，就不要回头看，爷爷奶奶都很好，不要你们担心。"

我眼睛一下子酸了起来，明明他经常跟爸妈表示担心，总是问我们的工作到底稳不稳定，我们的生活到底好不好，如果不好，他还回老家去种树（当年爷爷退休，响应政府绿化生态的号召，拿了市里的专项指标，回老家种起了新型杨树，第一批种了两百多亩，忙活了十几年才赚到钱）。

可是到我们这里，他却只顾着说让我们随心去翱翔，不要有任何后顾之忧，他全力支持。

到底得有多少爱，才可以把那些自己的挂念和担忧，都悄悄吞进肚子里，默默埋在牵挂中。

我说："放心，我们的生活很好，爷爷奶奶要照顾好自己，这是最重要的。"

他还不满意，执意要多念叨几句，吹着自己身体多好，去年又发了两笔奖金，每个月政府还会发老年人补贴，"爷爷一个月工资能有六千多，一年攒下来十万块，都留给你们用，你们不要有顾虑，想做什么，只要正确，爷爷支持！"

看着他又认真又着急的样子，我笑了。

他总是这样，逞强也要把自己最好的那部分留给我们。

每次家里吃饭，他都故意以先喝酒为由，磨蹭到最后才吃，谁都知道他就是担心饭菜不够多，总想让我们多吃点，自己最后随意凑合两口。所以慢慢地我们也发明了"对付"爷爷的办法，早早就说吃饱了，然后看着他开始动筷子。

我们之间的这些默契，傻傻的，却很可爱。

我跟爷爷说："把工资都花掉，想买什么就买什么，想吃什么就吃什么，不要攒钱，这个岁数了，攒钱没用。"

他可能觉得我又有些瞧不起他了，连忙否定我："怎么没用？我和你奶奶一年十万多，节省点，能给你们攒下十万块，都留给你们用！"

"辛辛苦苦攒一年，才十万块，有啥用？"我没给他留任何面子，想彻底打消他为我们攒钱的这个念头，"现在我们租的这个房子，一平方米就要卖十万块，您攒一年，够我买一平方米，您攒二十年才够买一间卧室，还不说我跟哥哥要分享一半。"

我说完，他顿时沉默了，像是一团在寒风里的火焰，终于要熄灭了。

"多少钱一平方米？"他没有底气地问。

"十万，还不算北京最贵的，还不算买家具装修，不算水电，不算日常开销，就一平方米，抵你俩一年攒下来的工资，您给我们攒钱有用吗？"

他彻底沉默了。

可能是觉得我说得有道理，可能是被北京的房价吓到了，可能是为自己的无奈感到无助，也可能，单纯是因为老了，一时间不知道要接什么话了。

后来他都没怎么说话。

我慢慢才意识到，是我错了，我不该这样说，不该打破他这个夜以继日小心翼翼维护的愿景，不该把他的希望倒进残酷的现实里，然后让他彻底断了哪怕是奢侈不切实际的念想。

我恍然大悟，其实爷爷大概需要的，只是一个爱的出口，只是他用以维系生活的很大的一个缘由。

爱是这样复杂，爱充满无私，爱亦是彼此伤害。

爷爷临走时，我又悄悄把他拽到屋子里，跟他小声撒娇说——

　　"爷爷，我最近看上一件衣服，但是有点贵，所以我妈不同意我买。嘿嘿，您赞助我五百块钱呗。"

　　他偷偷把手伸进口袋里，在手指上蘸了点口水，一张不差地给我数了五张红色的钞票，对我说："明天就去买，放心，爷爷不跟你妈说！"

　　他那样痛快又干脆，开心得不得了，像刹那间消碎了心中的巨石。

　　我知道他是又找到了自己的那份存在感，为自己的爱，找到了一种可以寄托的方式。

　　等走出屋子时，我从后面看他的背影，稳健而快乐。

　　他仿若无事的样子，是我们爷孙俩半辈子的默契。

　　他挺直背，抬高了头，他一定在笑，像极了他年轻时候拿了荣誉表彰，得意扬扬的样子。

　　谨以此文，谢谢在我漫漫人生道路中一直伴我成长的爷爷。

　　谢谢亲爱的爷爷，谢谢您的养育和教导，您是我的力量，是我的灯火，是我此生的挚爱。

Tips

考前三天集中备考

当距离高考只剩三天时，大家需要做什么？

一、心态一定要好

无论之前复习得如何，准备得如何，现在已经没有任何办法能帮你迅速看完一本书或做完一本习题集了，而唯一可以帮助到你的就是把自己的心态调整好。好的心态可以帮助我们在考场中更稳定地发挥，而更稳定的发挥才能让我们更接近平时的成绩，所以，心态非常重要。

希望大家能明白，高考绝对不是人生的终点，它只是我们人生中很渺小的一个转折点，它可能会影响我们大学的选择，但一定不会影响和改变这一生。

我曾经看过这样一条朋友圈，是我一个工作伙伴发的。他说他今天面试了一个人，非常开心，这个人是他的高中同学，当年这个同学考上了重点大学，而他没考上大学，如今他作为老板面试这个同学，心里虽然没有优越感，但还是很开心，他跟自己说，他做到了。

看完这条朋友圈我很感慨，生活确实是这样，人生长路漫漫，高考并不是终点，所以一定要放平心态。无论你现在成绩如何，你都要相信自己，并且努力调整和恢复到合适的应考心态，考出最接近自己平时水平的成绩，把高考当成一次平常的测验。

二、一定要做题

很多同学问我，考前几天要不要做题，我的回答是一定要做。

可能你会说做也做不完，为什么还要做题呢？因为每天适度适量地做一些题可以帮助我们更好地去熟练敏感度和手感。比如说可以每天每科做半小时题，而且很多时候你可以不用真正拿笔去写，只看题目去想思路，列一些大概的点就行。比如作文题，你可能没有时间去完完整整地写很多篇，但是你可以去看，看题目列提

纲，检测自己能不能在考试的时候应对它。

三、有选择地进行复习

临近高考了，复习不用去抠一些细枝末节的东西，除非你现在的水平很高，你的基础已经非常扎实了，你可以去看一些细节甚至拔高的东西。但如果不是这样，我建议大家去看重点，去看和今年热点相关的一些题型考点，看每年都必考的知识点。如果这些知识你还需要做一些抉择的话，那就选一些最适合自己的，哪个地方最缺乏训练就去看哪个地方。

要学会分析自己的优势和劣势，然后针对劣势去努力、去弥补。

比如说如果你再做三天数学题，可能就会提高五分，但是如果你每天都去看一些历史

和政治的大题，可能到时候你的文综就很容易拿分。所以你要去看看自己哪部分的分是容易拿的，哪部分是劣势，然后再进行复习。根据自身情况因人而异地制订复习计划，既要有重点，也要有轻重缓急，而且每科都要兼顾到，哪怕每天每科复习一小时也不能放弃。

四、我的一些考场小技巧

1. 适当调整作息，如果你还经常熬夜的话，可能会影响到高考的状态，增加不必要的心理包袱。所以一定要保证好作息时间，建议大家这几天每天十二点前睡觉，千万不能更晚。高考那天一定会因为紧张比平时晚睡，甚至会失眠，所以如果现在不调整作息，到时候可能会睡不着觉。

2. 饮食方面建议大家不要吃过于油腻、辣的、冰的东西，这些东西容易给身体带来不适。可以吃一些清淡的食物，多吃肉、蛋，帮助自己更快地补充体力；也可以在早上起来后喝一大杯水，睡觉前喝一杯酸奶，帮助清理体内的负担，把身体调整到最佳状态。

3. 考前可以适当和老师、同学、家长打个招呼、聊聊天，这样可以缓解心里的压力，帮助自己找回日常最佳学习状态；但考完千万不要去对答案，不要对题或翻书找答案，考完一科就代表这一科已经过去了，可以把它 pass 了。考完对答案只会影响我们的心情，错了就是错了，对了就是对了，与其浪费时间在过去的事上，不如去复习。

4.坚定必胜的信念，相信自己高考一定会顺利，这次考试一定会是你三年考试里最出色的一次。一个有信念的人往往会有更大的力量去面对困难和逆境。无论之前成绩如何，你都要更有信心地去完成这次考试。

5.关于考试注意力不集中怎么办。建议你在考前盯着一个点看，不要看任何人，这样可以更加集中注意力。

6.关于诸如"数学考试最后一道题要花很多时间吗"这样的取舍问题，建议你一定要学会分配好时间。我高考那年发现数学题很简单，都做了一遍之后，又重新检查了一遍，但老师是非常不建议这样的，所以因人而异，如果你做题速度很快，那你可以去检查；如果不是的话，你就必须扎实做好每道题。如果你的成绩非常好，你在大题上就要多花时间，因为那是你和别人拉开差距的地方。但如果你的成绩没有那么好，我建议你没有必要在最后一道大题上多花时间，其实你前面多检查出来几个错误，收益会更大。

总而言之，根据自己的能力和特点，获取更多的有效分数，不纠结一道题，不挑战角落的极限。

7.关于想改答案但又怕错的问题，我建议你如果有八成以上的把握就去改；如果改后的答案和你现在的答案都有正确倾向的话，那就不要改，因为你的第一直觉可能会更准。

希望你们都可以考出好成
绩，为你们加油！

"

爱 可 以 让 人 变 得 更 加 坚 强 ， 为 了 彼 此 ， 我 们 都 在 努 力 。

马旖浓 / 2013 年宁夏高考文科第十名，本科就读于北京大学社会学系，研究生继续就读于北京大学社会学系。

"如果对比曾经的自己，用一句话来形容，大约是'虽然有点波折但最终还是好好地长大了'的典型代表之一。在很长一段时间里，我都是爱幻想、瞎矫情、脆弱敏感的小哭包，但随着而后经历的现实选择、做出的艰难决定，渐渐变成了内心温柔但坚定的黑天使。

当然，黑，亦可做两方面的理解，一是我确实总自嘲长得黑，二是我认定的事，总是要一条道走到黑。一直以来，我希望能够通过自己的微小努力，让这个世界变得更好一点，所以正以另一种方式靠近曾经的梦想——为能够在国际组织就职而努力奋斗中。"

［一］

　　去年寒假，我收到朋友一条微信。这位朋友正在我之前就读的高中当老师，因为她年纪轻些，所以被安排去高三当班主任。寒假这个时间点对于高三的学生来说，正是人心浮躁的时候，于是稳定军心就成了她的头等大事。因此她找到我，想让我给她的学生们讲讲当时的学习经验或者之后的大学生活，鼓励一下大家的备考士气，我一口答应了。

　　再次回到高中母校时，校园还是那个校园，但总归还是有一些细微的变化让你不断想起"物是人非"四个字：虽然冬天还是一样的冷，课间走廊还是一样的吵嚷热闹，甚至走过教室的时候，那从门口和窗户冒出来的辣条味都还是一样的熟悉，但教室里却再也见不到那些熟悉又青涩的面孔，那些当时贴在教室后黑板上的写满未来目标学校的字条也早已经被新的愿望覆盖……而我，也不再是那个和朋友一起在窗口羞涩地围观那些来宣讲的师兄师姐们的高中生，反而成了那个正被围观的人。

好像一切都变了，又好像一切都没有变。

虽然我并不是一个非常擅长演讲的人，但是朋友委托我的任务最终还是顺利完成了，至少放学后仍旧有一些同学围着我问各种各样他们感兴趣的问题。虽然还被笼罩在高考的重压下，但到底都还是正值青春年少的高中生，你一言我一语地提问，将气氛带得轻松而活跃。然而在这热闹之外，一个女孩的身影却让我莫名有些在意。

和其他热情的学生相比，她的羞涩格外显眼。她独自徘徊在人群的外围，一会儿轻轻握起自己的手指，仿佛在下什么决心似的，一会儿又像泄了气，把自己紧握着的手松开。目光也是一会儿投向人群当中，一会儿又落在了地上。

她在人群外踌躇了很久，一直等到提问的人散得差不多的时候，她依旧站在原地缠着手指盯着地面。当我终于回答完最后一个同学的提问，正打算过去问问她时，她却自己走到了我面前，脸红扑扑的，依旧是那副紧张的、像是在下什么大决心的样子。

还没等我开口问她，她却先一步拽住了我的衣袖，用几乎细不可闻的声音问道："姐姐，我真的很想考北大，可是他们都说只有太阳从西边出来了我才有可能考上。你觉得，我还有希望吗？"

在那一瞬间，时空仿佛打开了它隐秘的通道。五年前和五年后，在同样的地点，隔着五年的时差，两者遥遥之间产生了某种奇异的共鸣。拂去时光的尘埃，我仿佛在那个女孩紧张又期待的脸上看到了曾经的自己。那个，渴望奇迹可以发生在自己身上的，自己。

[二]

"大家记得在刚发的便利贴上写上自己的目标学校啊！周一之前务必要贴到后黑板上！！"班长使劲敲了敲讲台，"咚咚"的声音把这节自习课沉闷的空气突地扯开了一道口子。大家懒洋洋地应着班长的话，顺手把刚刚拿到手的便利贴粘在了某本练习册的封面上。

在教室的后黑板上贴自己未来的目标大学，以此来鼓励大家奋勇拼搏，早已经考证不出来是从哪一届哪一班开始流行起来的。谁都不知道那张小小便利贴究竟能不能成为鼓励大家一飞冲天的万灵药，但这样的行为竟也神奇地一届又一届流传下来形成了传统。虽然大家可能潜意识里觉得这种活动确实有点形式主义，但当便利贴真正被发到手里时，还是忍不住相互打听各自的志愿。

摄影：安森

学会和自己的野心相处，你越勇敢，它越温柔。

高三的生活太过无趣，教室外的流浪猫生了几只小猫都能被大家当作新闻聊上半个月，何况是这样事关身边每一个人的大型八卦现场。

我瞅了一眼被我胡乱贴在数学练习册上的便利贴，心里忍不住叹了一口气。如果翻开那本练习册的封面，下面压着的就是我这几次月考的分数条。如果在第四次月考成绩尚未公布之前，我可能会在拿到便利贴的第一时间就写上一直梦想着的人大或者复旦，然后在下课之后的第一时间，潇潇洒洒地把它贴上交差。然而第四次月考……这该死的第四次月考，我的成绩第一次跌出了全年级前五十名。

这是一个很危险的名次，按照往年的经验来看，这样的一个排位如果是在高考的时候，不仅和我理想的高校有很大的距离，甚至可能连考入其他优秀的综合性大学都会变得困难。高中时候的我，敏感却又好面子。如果不是很有信心的目标，终归还是不愿意轻易同其他人提起。虽然心里很清楚一次失败的月考成绩不算什么，但是真的要写下目标的时候，我还是犹豫了——万一高考真的考得像这次月考一样差，写下了目标却没能实现，那到时候该会有多尴尬。

"没关系，明天就是第五次月考了，如果这一次月考可以考好，等周一出完成绩，就写人大或者复旦贴上去吧。我行的。"那节自习课结束以后，我的那张便利贴依旧是有点可怜的空白，一切都在等着周一的结果。

[三]

"姐姐你看……"那个女生拿给我一张便利贴，和他们后黑板上已经贴着的便利贴是一个样式，上面写着四个小字——"北京大学"。似乎能看出来字的主人在落笔时心里的犹豫和不坚定："这张便利贴早就写好了，可是我不敢贴上去，我真的很怕他们会说我痴人说梦。我的成绩并不是说考北大一点希望都没有，只是可能需要付出更多更多的努力罢了……"那个小学妹说着说着就垂下了头，似乎快要哭了的样子。

我突然想到五年前属于自己的那张空白了很久的便利贴，那张我犹豫了很久不知道写什么，但最后又赌气写好贴在后黑板上的便利贴。

直到今日，我也辨不清它究竟能不能被算作是鼓舞人心的灵药，但我可以确信，在它被我贴到后黑板上的那一瞬间，命运的齿轮咬合上了我意想不到的一边，不仅仅是我高三剩下的几个月而已，我目之所及的人生，都从那一刻开始发生了改变。

［四］

"你是不是还没贴志愿上去啊？我看你们组就差你了吧？上次说的截止日期可是今天啊，你可不要忘了。"课间，班长对着正在做练习册的我，又一次提起了那张我暂时不是很想面对的便利贴。它还是静静地躺在我的数学练习册的封面上，和刚发下来的时候没有丝毫区别。不过不太一样的是，如果翻开那本练习册的封面，你会发现下面多压了一张分数条。那是我第五次月考的成绩，是在几天前我跟自己打赌说要"做一个决断"的筹码，但是我却让自己失望了。

第五次月考成绩并没有让我看到希望，反而拽着我进入了更深一步的深渊。分数条最后一栏年级排名里填着的"89"，像一把尖锐的锥子，反复刺痛着我的眼睛。此时此刻的成绩，已经让我丧失了任何关于未来的选择权，甚至是，做梦的权利。

我一边答应班长今天下午放学之前一定贴上去，一边思考到底怎么写才能够保全自己最后的体面。思来想去，我最后决定还是像一开始那样，写上人大或者复旦，但是一定要在放学之后把它贴在不是很明显的角落里。兴许这样就不会有那么多人知道，万一这个目标没有实现，可能最后也不会显得那么丢人。

于是那天放学后，我拖拖拉拉地在教室里等了很久，等到人已经走得差不多的时候，才迅速地在便利贴上写上了小小的"人民大学"，打算偷偷贴上就回家。

可事情总是不像我想的那么顺利。

就在我刚刚把它贴在后黑板上准备离开时，正好一帮打篮球的男生回到教室来拿书包。其中一个人似乎对我的便利贴很感兴趣，故意在后黑板大家贴志愿的地方停留了很久。

我在心里疯狂祈求他没有找到我刚刚贴上去的便利贴。这个男生平日里就跟我有些不对付，被他看到我在写些不靠谱的东西，恐怕免不了又是一顿冷嘲热讽。结果就在我刚刚走到教室门口，准备逃离这个史诗级尴尬现场时，就听到教室另一边传来怪声："哟，您连'一本'都快考不上了，还想着考人大呢？"

窸窸窣窣的小声议论瞬间变成了嘲讽的大笑，在放学后空荡荡的教室里显得格外刺耳。我闭了闭眼睛，转过身为自己辩解："我想考哪儿就写哪儿，关你什么事？"

而那个人就像没听到一样，继续和同伴们攻击我："哎，你说要是我，我干脆就写清华、北大了。哈哈哈哈索性考不上，不如吹牛吹个大的，兴许人家还能高看我一眼。来来，你看某些人连吹牛都不敢吹。真有意思。"

我努力克制自己的情绪，但心理防线却还是最终被击溃了。我把书包摔在桌子上，找出笔，快步冲到了黑板前。那些人被我突然的举动吓了一跳，竟一下子噤了声。我用力画掉便利贴上的"人民大学"四个字，然后在剩下的空间大大地写上了"北京大学"。

我举着那张字条，几乎要怼到那个男生的脸上："那我就吹个大的，有本事咱们六月见分晓。"便利贴被我狠狠地拍在了黑板上，然后我背着书包头也不回地就出了教室。

等到晚上再细想这件事时，我才发现这根本不是宣战，简直是把自己逼上梁山。按之前月考最好的一次成绩来算，如果我想上北大，也还是显得心有余而力不足。虽说还有一学期的时间，但谁也无法预料未来的事。大家都说努力是有用的，但我更害怕会做无用功。

时间过得很快，第五次月考的试卷讲评结束以后，就进入了高三短暂的寒假，伴随着寒假一起到来的，是半个班的同学都知道了我要考北大这件事。

事情发展到这一步，我已经完全没有选择后退的权利。为自己一开始的冲动颓丧了几天后，我最终还是决定冲一把。既然实现这个目标的可能性并不是零，甚至只要我再多加一把劲，就是完全可以够得到的，那我为什么不去试一下？

于是等到新学期开学，我几乎成了整个班里待得时间最久的走读生——来得最早，走得最晚，甚至为了多挤一点时间出来做题，中午经常在教室里靠两片面包来填饱肚子。我不是班里最聪明的，也不是最有天赋的，更算不上是最受老师青睐的，但我可以决定让自己成为这个班里最用心、最认真对待自己写下的目标的人。就算这个世界上已经没有人相信我可以实现这个梦想，那我也不能放弃。既然每年高考学校的文科都会出至少一匹黑马，那凭什么今年的这匹黑马就不能是我？

　　努力终究还是有回报的，新学期的第一次大型模拟考试，我考到了年级第十一名。

　　按照往年的情况来推算，这几乎已经可以被看作是一只脚踏进北大校门的成绩。只要我保持稳定甚至更进一步，实现目标真的就指日可待了。

[五]

　　"姐姐，我也不是成绩不好。如果我真的成绩不好到一点点考上的希望都没有，我也不会有这样的想法了。只是我的成绩真的浮动很大……大到好的时候能在年级前十，差的时候可能连年级前五十都没有。说实话，我觉得自己现在像是在跟谁赌气一样，明明很努力了，但越想考出好成绩就越困难，就像是已经被上天抛弃了一样……"

那个女生抬起头，眼睛里已经泛起了泪花。我翻出纸巾递给她，但她的眼泪还是滚落到了那张便利贴上。就在这时，教室突然断了电，黑暗从窗外闯进了原本明亮的教室。我听到对面一声轻轻的叹息和窸窸窣窣抖开纸巾的声音，而这之后，只剩已经凝滞下来的空气。

我先打破了沉默："那么……你是想放弃了吗？"那个女生吸了吸鼻子，很坚定地说："没有，我应该……还不想放弃。"

［六］

冬天过去，天气慢慢变暖，白昼也一天天变长。模拟考试一场接着一场，倒计时上的数字一天一天缩减下去，所有关于时间的意象，都在提醒你六月正在来的路上。

大家可能也都有感于春夏这种活跃的气息，都开始发了狠似的打算和习题血战到底。但我的心情却在自主招生惨淡收场后掉到了最低点：由于各校划取面试线的方式不一致，即使我拿到笔试资格的学校和北大采用的是同一张笔试试卷，并且我的笔试成绩也进入了全自治区前十名，我依旧没有办法得到任何一所学校自主招生的面试资格。再加上模拟考试成绩的又一次下滑，学习上再一次感受到了有心无力，我第一次产生了"后悔"的念头。

"如果当时没有硬逞强，是不是现在就会轻松一点了？"

我不知道，但每每想到后黑板上的那张便利贴，就如芒在背，坐立难安。全世界都觉得我在夸海口，可能也都在等着看我笑话，以前还可以拼着一口气去证明自己，但现在这口气却好像一下子断了，再也续不上了。

所有的梦想和目标，反而在此刻成为沉重的包袱，让当年那个有点自卑也有点敏感的我，渐渐觉得喘不上气。春夏本应该是很好的日子，花开万里，和风拂面，但我内心却像是冰封着整个冬天一样冰凉而沉重。

所有的压力最终爆发于一个放学后的黄昏。

像之前一样，放学后我依旧会在教室里自习，不知道是天气还是心情的原因，那一天我格外烦躁，甚至连最简单的数学题都会反复错上几遍。最后实在是因为太心烦了，所以打算出教室逛一下换换心情再回来继续写。还没等我走出教室，后排两个女生的对话却吸引了我的注意力。

不知道为什么，一向对这种东西不感兴趣的我，那天突然对她们的对话分外关心。于是我一边伸着懒腰慢慢走，一边假装不经意地听着她们的聊天。

"你知道吗，我那天研究了一下上一年级的高考喜报才发现，上一级文科那个特别厉害的×××，北大还拿了降分来着，竟然没考上。"

"不是吧，你是不是搞错了？他考试成绩那么稳定，说没考上，我才不信。"

"不信你看嘛，这不写着呢，×××，复旦大学。"

"哇，真的。当时都没人注意这事儿，都盯着状元去了。"

"可不是嘛。我听我哥说×××因为没考上北大在家里哭了半个月。"

"这么夸张啊……不过也难怪，要是搁我，我可能早就寻死觅活了……"

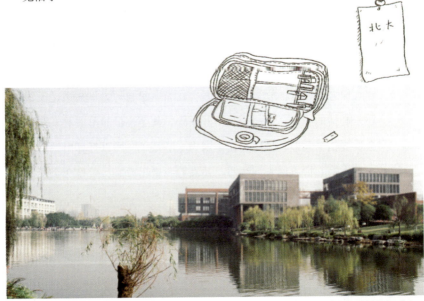

高考折戟这种事情在哪一级都不是新鲜事，但是这个故事对于当时的我来说，无异于压垮骆驼的最后一根稻草。×××，这位学长我一直都非常尊敬，而且我从来没有想到他会没有考上。

如果他都没能够考上的话，那么我凭什么相信我可以？

我已经忘记那天的夕阳是怎么从地平线上沉下去的了，只记得在我翻着放在教室后面的、统计着近几年各高校录取分数线表格的时候，光线一点一点被黑暗抽干，视线一点一点模糊下去，最后什么都看不清。

每数过一所学校、一个数字，我的心就沉下去一点。沉到最后，觉得自己的未来就如此刻的黑暗一样，没有出路，没有尽头。原本只是在眼眶里噙着眼泪，然后是小声抽泣，渐渐变成了在空无一人的教室里放声大哭。

我借着外界一点点微弱的光亮，在黑板上找到自己那张画得乱七八糟的便利贴。我不想做梦了，我也不配做一个可以做梦的人。那么既然这个愿是我许的，我也有权利在适当的时候收回它，然后，放弃它。

"北大，我不想考了。真的好累。"

而当我想把那张便利贴从黑板上拽下来时，才发现不知道为什么，它已经被牢牢地粘在了那里撕不下来。或许是之前某天班长为了防止便利贴从黑板上滑下来而特地加固的原因，此刻，这个属于我的愿望，我竟已经无法收回了。

我不知道最后自己一个人坐在黑暗里哭了多久，也不知道该如何面对只剩下不到一个月的高三生活。最终，当我问自己"真的想放弃吗"的时候，才发现，这个愿望同我相伴了五个月，即使我不想承认，它也确实已经慢慢成了我身体的一部分。

我潜意识里还不想放弃，而且这个愿望也显然不愿意放弃我。既然还有时间，那就不如再拼一把。

时间慢慢向着盛夏推移，与逐渐上扬的温度曲线相反的是，经过那一场黑暗当中的崩溃，我的心态却奇迹般地逐渐平和了下来。我曾经以为我的野心是一只张牙舞爪且不可驯服的猛兽，我在心中将它豢养，任凭它壮大和生长，却总是因为害怕被野心伤害，而不敢靠近它半步。

在那一场同自己的对峙之后，我才真正发现，野心并非不可驾驭的怪兽。它要比你想象中的更加温柔，它皮毛柔软，甚至会在你疲惫的时候给你一个温暖的拥抱。但如果总是因为害怕被伤害而不敢去直视它的眼睛，那么野心才会最终以你为食。

说到底，在自己和野心的共处当中，你越勇敢，它越温柔；反之，你越怯懦，它则会越疯狂。

当我第一次认真注视自己的野心时，才真正清楚地明白，其实我的梦想并非北大不可，我只是想要未来能有更好的生活，想要在未来某年某时某刻回想到高三的这些日子时，不后悔自己空费了好光阴，也不后悔自己没有能够拼尽全力。

而我也从来都无须为了满足自己的虚荣，活在他人或期待或嘲讽的目光里。北大，只不过是一个被具象了的符号而已，如果为了这个并不能代表全部的符号，为了四面八方不知来意的目光，而丧失了继续向前的勇气，才是真正的得不偿失。

当心态稳定下来之后，我做的第一件事就是大幅调整了自己的复习计划。当周围的同学在死磕那些难题的时候，我拾起了大家都有些瞧不上眼的基础知识。不只一个人对我说，我这样调整复习计划根本是在做无用功，但他们不明白的是，这种基础题所带给我的安稳与踏实，是解十道难得不像话的压轴题都无法带来的。

在高三剩下不多的时间里，我依旧是班里来得最早、走得最晚的走读生，但不太一样的是，我不再是那副紧张兮兮的样子，甚至偶尔也会早早离开一会儿，在操场边吹一会儿晚风再回家。而最最重要的是，我终于学会了如何同自己的野心相处，每每我关上灯、闭上眼结束这平和而充实的一天时，我都能听见我的野心在我身侧蜷缩而眠，发出安定而柔软的呼噜声。

不得不说，这是我高三最后半个月的时光里，听过的最令人安心的催眠曲。

这种平稳的状态一直持续到了高考英语考试交卷铃响的时候。当我盖上笔盖，听到那一声清脆的"咔哒"声时，我产生了一种很好的预感，一种我几乎从未产生过的、踏实的预感——命运可能之前同我开了不少大大小小的玩笑，但是这一次，它终于选择站在了我这一边。

摄影：白妈妈的酱

　　高考半个月之后的查分，也验证了我的预感，我成了当年高中文科部的一匹黑马。甚至我爸妈都在说，我能考到这个成绩，真的是"奇迹降临了"。

　　但是只有我自己知道，这个世界上哪有那么多的奇迹可言。在奇迹发生之前的那些打破与重建，才是创造奇迹的"神之手笔"。这一切的一切，都让我再次相信那句话："只要努力，终究一切都不会白费的。"

[七]

"你知道吗，这个世界上，太阳是可以从西边升起来的。"我沉默了一会儿，才对那个女生说出了我的故事。

"如果是技艺非常高超的飞行员，在北极地区的晨昏线上用特殊的技法飞行，那么飞机上的乘客是可以欣赏到这一奇妙景观的。

"命运的航程掌握在你自己的手里。如果真的努力了，一定不会白费的。如果有人来嘲笑，你也不要害怕，他们只是担心一旦你努力了，赶上来了，会挤占那些他们以为属于他们的位子。一定要走好自己的路，不要被任何人影响。

"你有野心，但一定要学会如何与自己的野心共处。我想你这么聪明，一定知道该怎样去处理这样的关系。我也相信你会做得很好。

"这个世界上90%的奇迹都是人造的，所以如果你有这个信心，那么最后……"

我在黑暗里握了握那个女生的手，就像是安慰当年那个徘徊不定的我一样：

"……你的名字也会是奇迹的。"

Tips

文 综 考 试 心 得

"

将所有知识点装进一个框架里。

文科综合因为要在短短两个半小时的考试时间内考察历史、地理、政治三科的学习情况，应该是在高考当中属于知识点数量较大的考试科目之一。所以我个人认为，能够在较短的时间内根据题目准确调用知识点，是文综能够取得较好成绩的关键。

那么如何能够将这些琐碎的知识点快速进行准确调用呢？

一、想象装饰一棵圣诞树

不妨想象你正在装饰一棵圣诞树。在进行装饰之前，首先呈现在面前的是一只篮子，篮子里混杂地装着各种各样漂亮的装饰物——各色的球、漂亮的丝带、挂旗、雪花形状的挂件……如果让你很快在这只篮子里找到某种特定的装饰物，那必然是需要花点工夫的。因为你需要翻找整只篮子才能够找到那个需要的东西。但是当你将这些装饰物在地上铺开、整理好，然后再按照自己的想法将这些东西有逻辑、有层次地挂在树上时，事情就会变得完全不同。而这时，如果再让你指出某一种装饰物在什么位置的话，你当然能够很快且准确地定位到它的位置——因为你的大脑已经很清楚具体位置了，自然不用去搜索整棵树或者翻找整只篮子。

二、文综知识点串联技巧

其实文综的复习和考试方法同上面装饰圣诞树的例子有异曲同工之处。文综的知识点繁杂，如果没能用自己的逻辑和熟悉的框架体系将这些知识点串联整理起来，那么在考场上调用所需知识的时候，往往需要翻找整只篮子才能够知道这个知识点在哪里，或者自己有没有将它掌握。相反，如果能够将知识点利用框架进行整理，不仅仅在考试时能够更快定位到知识点，在复习时也能

够更便利地进行查漏补缺，实现事半功倍的效果。

三、以历史学科为例，构建"三线"框架

比如在整理历史学科的知识点时，我最常使用的是"三线"框架。以时间顺序为核心线，将所有历史事件在大的时间坐标轴上进行标记和整理，展现历史的"发展性"；第二条线是在时间顺序的基础上，在同一个时间轴的另外一边标记世界史的历史进程，重点进行中西对比，展现历史的"对比性"；第三条线则是在前两条的基础上，对每一个历史事件从经济、政治、文化三个大的维度进行纵向的深度挖掘，重点在于对历史事件的全面和深度把握。地理和政治的知识点也可以用这种框架式的方法进行

整理，帮助自己对庞杂的知识点形成一个更加清晰的认识和把握。

　　在框架的整理过程当中，最重要的是要自己动手来进行梳理。这个梳理的过程会很麻烦，甚至会有些痛苦，但很必要。因为别人梳理的知识点框架可能并不是最适合自己的。我们可以参考他人，但还是需要通过自己的思考将零散的知识点进行串联，形成属于自己的知识框架，这样才能够更快地定位。

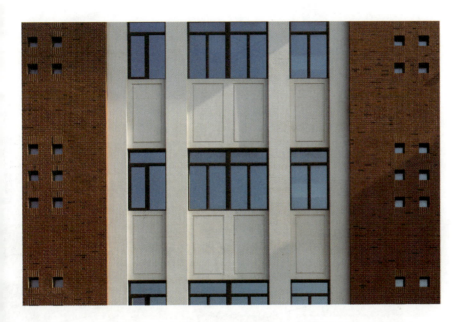

无 人 问 津 的 孤 独 里 ， 也 能 充 满 一 个 人 的 力 量 。

摄影：D.

Lisa /

2014 年考入北京大学法学院，其间去美国纽约大学做过交换生，2018 年被保送至北京大学法学院攻读硕士学位。

"和大多数女孩一样，我不属于那种天生优秀或者家境优越的，我所有的获得都需要靠自己的双手一点一点去努力拼来。因此从中学时期开始，我就很努力，不如别人聪明就比别人用功，不如别人优秀就使劲追赶别人。

我的人生理想是硕士毕业后去美国读一个博士学位，然后回国做立法方向的研究。人生座右铭是'为自己战斗吧，永远也不要倒下，你是你，也是自己的那面军旗'。"

[一]

我是一个极度不自信且缺乏安全感的女孩。

但同时，我又对自己极其严格苛刻，我想这是统一的，不自信要求着我每一天都要为自己战斗，就算遍体鳞伤，也不允许喊一声认输。然而我并不觉得这有什么残酷可言，也没觉得自我严格要求有什么不好，真正咬紧牙关不放弃的那些精神，往往都可以支撑自己往后余生。

我的故事要从学前班说起，那时候因为个子高坐在全班最后一排座位上，坐在我身边的都是男同学，而且是淘气又令人讨厌的男同学。他们嘲笑我个子高，说我是"电线杆"或者"长颈鹿"，我不懂得为自己辩驳，于是只能一个人捂着眼睛掉眼泪，很没出息。

　　然而我的软弱并没有换来他们一点点的内疚，我成了一个软柿子，被他们捏得越来越顺手。后来我才明白，在现实的世界里，没有人会因为你软弱而停下，那并不符合生存的规则。

　　生存就是竞争，生存就是战斗，生存就是不停倒下，却要不停站起来。

　　读小学时，我的个子更高了，由于女生发育要比男生早，所以我成了班里最突兀的一个存在——站在班级的队伍里，我比大多数同学都要高出一头，我可以一眼被爸妈找到，也因此显得突兀又奇怪；我的脚很大，因此一些坏同学取笑我，给我起外号叫我"大脚"，我喜欢穿运动裤，因为这样能遮盖住一半的尺寸；我讨厌每年的体检，每次体检，都有人跑来看我的身高，然后当作笑话一样传出去。

　　由于个子高，发育快，我和普通女同学都不太一样，再加上自己的长相从小就没有女孩子的甜美感，而是很长的脸、很粗的眉，一点也不漂亮，甚至，有人说我就是"留着长头发的男生"。

　　我很坦诚地承认自己曾生活在阴影里，也承认那段日子并不好过，我厌恶上学，更厌恶那些对我不怀好意的人。所以我选择每天一个人上学，一个人放学，把自己和周围的人群隔绝开来。

　　后来因为成绩优秀，我被老师选为了班长。那些班里面的坏男生再也不敢欺负我，因为在课上课下，我都有权力把他们的一言一行记录下来，交给老师处理。

因此常逃课的他们、上课睡觉的他们、不认真听讲交头接耳的他们，都不敢再对我说什么刺耳的话，反倒是乖乖的，和我像处在平行世界一样，不敢再招惹我。

于是我明白，当你强大时，你才有可能抵挡所有向你扑面而来的恶意，真正面对不堪的办法不是躲避，而是直接击碎。你的强大，才会帮助你获得尊严，除此以外，没有任何可以帮得上的，尤其是软弱这个没用的家伙。

小学毕业时，我是班里唯一一个没有收集同学录的人，因为我不想把时间和金钱浪费在获得别人并不真实的、带有偏见的、无聊的评价上。

获得认同和获得批评一样重要，但人始终要倾听自己内心的声音，要为自己而活，万不可生活在别人的眼光里，当面对那些无谓的非议或是无趣的错怪时，别委屈，也没什么可烦恼的，就问问自己，为什么要为这些琐事所扰，你本不必，且绝对不必。

虽然如此，上小学时我还是交到了几个不错的朋友，我们一同在学校参加文娱活动，也一起在周末去新华书店看书，一起吃学校门口的棉花糖，也一起在不远的巷子里挑选首饰。她们也给了我同学录，邀请我为她们留下一些纪念。

你 要 自 己 好 好 的 ， 这 比 什 么 都 重 要 。

这说明你不需要和全世界都成为好朋友，更不需要讨好任何人，你拥有几个需要的朋友便足够了，他们会成为你成长里的光，照亮你的路，你根本不需要永昼的生活。

带着这些好的坏的，我进入到了初中，这时候我的身高已经一米七了。

然而比这更糟糕的是，初中开始，我发育得更快了，这次不只是长高，我还在发胖，快速的身体成长需求膨胀着我，我越吃越多，直到体重飙升到一百五十斤。我成了全班最胖也最高的女生，甚至更准确地说，应该是全校。

你理解什么是最胖也最高的女生吗？

就是体育老师会不自觉让你喊口号；在食堂吃饭时，阿姨自然而然地多给你一勺米饭；拔河比赛时，你被安排在全队最后，用粗大的绳子拴在你的腰上，不停告诉你："往下蹲，让对方拉不动"！我好不容易逃出了身高的迷宫，又跌进了体重的陷阱里。

坏男生们依然爱因此调侃我，甚至拽我的辫子，看我哭。每到体检时，尽管我已经努力磨蹭到最后一个，他们还是会在我上秤的一瞬间，突然冲过来听医生报出来的惊人数字。

　　我也感慨命运的不公平，也觉得自己很倒霉。我开始记日记，开始看那些偶像剧，我在别人不现实的生活里企图找到自己的影子。我一直相信，世界是存在另一个维度的，在那个维度里，我一定活得很快乐，比大多数人都快乐，于是那个世界寄托着我所有对于现在的自己的将就，告诉自己这些都没什么。

　　可是慢慢成长的真相告诉我，这并不容易。

　　我开始自卑，变得话很少，有一段时间还坚持认为自己得了抑郁症或是孤僻症。我当然知道父母很爱我，他们一直声称我是全世界最美丽的女孩子，就算我再不信，可看到他们那么热切又真诚的眼神，我也只好配合着笑一笑，给他们一点轻松的安慰。

　　至此，我所有的生活都被揉成一团乱糟糟的解不开的毛线团。

〔二〕

　　后来没多久，我在初中有了一个很好的朋友，他很高很帅，是班里的体委。最开始他和我说话时，我以为他也是想来嘲笑我一番获得一些无聊的快乐，然而他对我说的第一句话却是——"你可别再长个了，不然体委的官衔要让给你了。"

　　时至今日我都记得他说这句话时的表情，带着温暖的笑和很

委婉的充满善意的语气，在那个灰暗的年纪里，他用一种特殊的方式和我搭讪，简直照亮了我的生活。

后来我跟他学习打篮球，虽然直到今天我依然打得很烂，但这却给了我们很多相处的时间。他并不认为我人高马大有什么不好，反倒开玩笑说，大多数嘲笑我的男生都应该很羡慕、嫉妒我才对。

好像他的出现，把我自己一直认为是缺点的"缺点"，变得没那么不堪了。

我们一起打球，一起上学放学，也因为我家在他家的隔壁，我成了他最好的女生朋友。我承认自己那时候对他非常有好感，他就像一把小小的火，点燃了潮湿又阴暗的我，虽然我也不知道他为什么这么好。

我宁愿相信，全世界真的有这样温暖善良的人存在，他们的存在就是为了像天使一样去拯救所有身处痛苦的人。

我和他相处越来越多，他开始约我周末一起去看电影，或者陪他去打球，而我多数时候也参与不上他和其他男孩子的比赛，就在一旁帮他看包或者买瓶矿泉水。偶尔人数不够，他会喊我上场，就算我移动笨重，球技很差，经常一个回身就被别人把球抢断，他也从不怪我，反倒不停跟我说加油，教我下次该怎么防守。

其实他不知道，有他在的时候，我根本不觉得球从我手里被夺走了，我有无限的安全感，我始终觉得，那个篮球就在我手里，一刻都不曾离开过。

那时候我做着一切女孩子想为他做的事情，比如帮他写作业，帮他骗家长，帮他改考卷分数，帮他买早餐，帮他带写字笔，帮他模仿家长签字……

直到有一天，他跟我说，他偷偷早恋了，对象是班里另一个娇小玲珑的女孩。

听到这句话的那天，我感觉自己的世界又一次黑暗了，只不过这一次的黑暗更加彻底、更加沉重。我心里很清醒，这一次不是停电，而是彻底的漆黑一片。

我开始帮他写两份作业，也偶尔帮他跟家长打掩护，说他和我去打球，其实是他和那个女生去吃小吃或者逛街买首饰。

我又一次变得孤独了，这次是彻头彻尾的孤独。

初三，我又开始很努力地去学习，坦白说，是带着一种报复心理的努力。因为我发现这世界上只有分数，是你付出了就会有回报，付出多少就会收获多少的东西，别的事情，都不牢靠。

于是慢慢地，我的成绩越来越好，我也越来越刻苦地学习。每个周末我都到妈妈单位去上自习、做作业，学累了就去她单位楼下暴走，全当作减肥。我绝不会把自己美好的周末贡献给被窝，或满是零食和贪欲的沙发上。

后来我得到了零零散散的夸赞，比如老师说我进步很大，比如爸妈说我真争气，比如邻里亲戚说我有出息……我渐渐开始活在大家的认可里，即便这个看似充满赞誉的世界总是一半真实一半虚幻。

然而让我感知更深刻的是，因为地理学得很好，每次聊到天气现象或者谈到旅行的时候，我总会侃侃而谈，让听者不由得称赞"你真有学识"；我的英语也非常出色，当说着流利的英语时，所有人都觉得我将来是要出国留学的。

尽管在这背后，是自己孤独地拿着地球仪不停翻转；是记忆到逼问自己答案而不断地掉头发；是一个人在洗澡的时候自言自语说英义；是走在路上，为多背下来的一个单词而暗自雀跃欢欣。

中考结束，我以全班第四名、全校第三十一名的成绩考上了省内最好的高中。

那是我第一次懂得，其实你的好，根本不来自任何人对你的夸赞，也不来自任何人向你伸来的橄榄枝，你的好，只来自内心真正的努力。

你不需要任何人给予你什么样的嘉奖，也不需要任何人跟你说喜爱、围绕在你左右，你所有的踏实感和骄傲，其实都来自自我的评价体系，这与他人、与外界都无关。

你要自己好好的，这比什么都重要。

[三]

升入高中之后学习更加紧张了，这所中学是全省最好的中学，一个年级有两千多人，而每年考进清华、北大的学生也会有几十名。在这所高手如云的学校里，每个人都充满危机感。

第一次月考，我考了全校第322名，这个成绩足够我上一所一本的重点大学。

然而我还不知足，我知道我能做到的远不止如此。

高中时候，我仍是全班最高、最壮的女生，只是很少有人会因此而嘲笑我，大家最多是开玩笑，而没有人是真心想取笑我。我开始发现，当你成长得越多，到达的世界越大，生活的圈层越高，所在的平台越广，就越不会有那些粗鄙又低级的趣味。

因此，让自己努力到达一个更好的目的地，才会活得更舒服、更畅快。

我开始为了让自己去一个更好的大学而努力。那个时候的我相信，只要考上更好的大学，我就能站在更好的平台上，去和更好的同学打交道，那里一定没有嘲笑、偏见、歧视、孤立，那里一定充满着尊重、欣赏、认同与包容。

我的高中生活苦不堪言，虽然这种苦只是简单意义上的苦——从早到晚，我坚持做第一个来、最后一个走的人，我跟自己说保持学习的上进心，就要做第一个奋战的人，所以不管炎热的夏天还是酷寒的冬季，不管是温热的凉席还是冰凉的被窝，我从不让自己拖沓。

摄影：荣谦

　　一年四季下来，基本上我都是班里最早来的那个人。

　　而下课铃声一响，我一定会第一个冲出教室，跑到食堂，在不需要排队的前提下就把饭打完端到最近的一张桌子上吃掉。就在同学们慢慢吞吞手挽手走出教学楼、排大长队在食堂打饭的时候，我已经吃完饭准备回教室上午自习了。

我尽可能让自己成为一个高效率的人，绝不因为懒惰而浪费宝贵的时间，虽然也有很想偷懒、很想退缩的时候，但我都一一克服了。我相信，没有人生下来就是一块好的材料，百炼才可以成钢，苦学才可以成才。

　　上课时我全神贯注，不要说同桌跟我说话，就算后桌掉了东西让我帮忙捡起来的时候，我都会等老师讲完重点，然后再抽时间帮她。上课如此，下课亦然，课间休息的时候我都在心无旁骛地做习题，耳塞是我常备的物品，不管吵闹声有多大，我都能安安静静地做题。

　　早上到学校的时候打好一大壶水，中间便不再去打水了。由于管理自己比较严格，我也形成了到午饭结束才会去上洗手间的习惯，因此一个上午都是在连续地学习，不会受到丝毫打扰。

　　出操的时候，我都是最后一个出发，然后以最快的速度在老师讲集合口令之前跑到队伍里，然后把口袋里的小本子偷偷拿出来，继续目不转睛地看。有时候是古诗词，有时候是作文素材，有时候是政治大题，我不放弃任何一个学习的机会。

　　如果有活动课，同学们有的做扫除、整理教室，有的去外面走走，有的去校园的小花园里聊天谈心，而我都会一个人跑到图书馆里学习，坐在最里面的角落，无人问津的孤独里也充满了一个人的力量。

　　高中三年，我没在外面吃过一顿饭，全都是在学校食堂里解决的。就算同学们带回来的炸鸡或者麻辣烫传来很香很香的味道，我也没有丝毫动容，人都是需要克制的，懂得克制的人生才可以真正掌握前行的方向。

晚上自习课结束，收拾书包回家，我通常又会学习到很晚。困了，就去洗把脸，让自己清醒；还不管用，就躺在地上做几个仰卧起坐；还不管用，就喝一杯咖啡。实在累了，困得学不进去，我就会立马躺上床，闭眼睡觉，我从不做浪费时间的事情，时间该花费在该做的事情上，果断一点，绝不要把时间浪费在犹豫上。

大家一定都觉得我是傻子。

大家一定都觉得我是疯子。

大家一定都觉得我是格格不入的奇怪的另类的有神经病不合群的怪人。

但是这些"觉得"，重要吗？

我要为了别人眼里的舒服而活着吗？

我要为了成为别人心目中应该的样子而委屈自己的梦想吗？

不。

我越来越清晰地知道自己想要什么，也越来越有勇气和动力去为了这份得到而付出一切代价。

很快，第二次月考，我的成绩就到了全校的前五十名。

与此同时，一样发生变化的是我的体重，我开始慢慢消瘦，虽然数字上的差别并不是很大，但我能感到自己在节制，很多方面、很多层面上的节制。

第三次月考，我考到了全校第六名，记忆里最深刻的是那一次的数学考试，最后一道大题我马虎地计算错了，所以丢掉了不少分。我跟自己说，如果下次再认真一点，我就会是全校的前三名。

带着所有笃定的努力，我继续前进着，第一学期期末考试，我考取了全校第一名。

得知成绩的那一晚，我哭了一整夜。

老天知道那是我人生第一次考全校第一名，简直称得上是我人生的荣光时刻，当然了，老天也一定知道我为了得到这样的名次，付出了多少努力，牺牲了多少休息时间。

那是我第一次体验到，原来努力付出的收获，可以让人如此畅快。

昔日把我看成傻子、疯子的同学，转而向我投来崇拜的目光，我成了他们口中的"学霸"和"大神"，甚至还有不少同学来向我请教问题，这些都令我意外。

原来当你有价值的时候，你就会被围绕、被追寻、被簇拥。

我倒不是说这样辛苦地学习有多么正确，只是觉得，从一个自卑的世界里得到彻底解放的那一刻，正是通过努力为自己证明的时候。那些对自己的不确定，全都变成了"你看我行"的肯定；那些自卑，也全都变成了"我也有我的神奇之处"。

当你意识到你拥有不一样的魅力时，你才算真正拥有了自己。

整整一个高中，我都是这样挺过来的，难免还是会有落寞的时候，但总归来说，我在一点点成长中不断成就更好的自己。

[四]

高二最后一次考试，我仍是全校第一，并且很强势地"霸占"着这个宝座。

家里人开始为我规划大学之路，问我考清华还是考北大，我也开始沾沾自喜，原来我这样一个普通的女孩，竟然可以到达这样的高度。

就在我为一直以来的成绩得意扬扬时，我的名次竟意外地出现了下滑。

那段时间常常胃痛，坚持不去看医生的我，身体状况越来越差，于是在爸妈的坚持下我去了医院。医生说我由于吃饭太快、作息不规律、经常熬夜等综合因素导致了胃溃疡，胃病很严重，并且一再警告我，不要再透支自己的身体。

和体重一起下滑的成绩让我像是一瞬间又回到了上小学的时候，丑丑的大脚在运动裤下原形毕露，个子高到突兀极了，一眼就可以被望到可笑的模样。

我瘦了将近三十斤，而成绩也下滑了六十名。

不知道什么原因，语文作文开始写不好，文综答题踩不到得分点，数学出现频繁的计算失误，很多老问题一起浮现，我显得手忙脚乱。

高三的紧张学习让我更加焦虑，我开始更努力地去学习，更专注地去补救自己的失误。然而不管我做什么样的努力，始终见不到成效。

我开始怪罪自己，气急败坏地惩罚自己，有时候半夜打开冰箱，猛地喝下满满一罐凉可乐，然后痛到胃抽搐，在床上翻滚，流着眼泪问自己为什么不争气。

持续作祟的坏情绪让我开始抵挡不住袭来的压力，我一点点丧失斗志和勇气，甚至有时候甘愿承认眼前的结局。

第一次高考，我只考了全校第二十九名，那年北大和清华一共录取了十九名同学。

父母劝我走，我劝自己留，也不知道从哪里偷来的勇气，就是要坚持复读，第二年重新再来，考上北大或者清华。

和父母一个暑假的争执、冷战、热吵后，他们同意了我复读的决定，我也跟他们表示了自己的决心，一定要重返当年的状态。

那时候跟自己说得最多的一句话就是，以前可以做到的，现在就可以做到；别人能做到的，我也可以做到；未来想做到的，现在就该做到。

带着这股子执念，我留级了，又重新读了一遍高三。

一年的时间里，我重整旗鼓，给了自己很多信心，跟自己说这一年里，一定可以把没弄明白的知识都搞懂，没背下来的知识都记住。我给自己描绘了很多关于未来的蓝图和设想，也让自己拥有了很多次重生的希望和勇气。

只是成绩忽好忽坏，一点也不如我所愿。

很难用文字讲清楚那一年吃过的苦，只能说我更加瘦了，又瘦了十斤，也更加不爱说话了，仿佛习惯了承受痛苦。我依然有很多的倔强，也有很多的不屈不挠，可与之一起而来的，还有不断的沮丧、不断的疑惑、不断的质疑和投降。

第二次高考，我考了全校第二十七名，基本上没有什么改变，那年北大、清华招走了二十二名同学。

放榜那天，我没有太多知觉，不知道是已经学到麻木，还是对成绩无憾无悔了，总之我没什么表情。只是单纯知道自己又失败了，没有什么理由，只有赤裸裸的现实。

那个暑假，我和父母之间又爆发了一次激烈的争吵，甚至我拿自杀威胁他们，因为我依然想复读，也不知道那时候哪来的那些偏执，可它就这样发生了。

我猜可能是小学的大脚、初中的"失恋"、高中的"滑铁卢"，它们不断地跳出来折磨我、伤害我、鼓励我、怂恿我，让我既痛苦，又对自己充满希望。

我又一次复读了。

第三年高三，我依然有那些烦恼，比如长了白头发，比如身体消瘦，比如性格更加沉闷，然而其实最让人难过的是，那一年，我明显感觉到父母老了。

不知道是不是为我操了太多的心，是不是我真的让他们失望又担忧，只觉得父母好像一夜间就老了，老到让我产生了前所未有的恐惧。

那一年的时间仿佛过得很慢很慢，我也不太记得每一天是如何度过的，也可能是因为三年里我的生活大多类似，因此早忘记了哪次是哪一年发生的故事。只是记得很清楚，高考结束的那天，我对自己说："愿此生无悔。"

放榜了，我依然没有太多情绪波动地查看了分数。

这次高考，我考了全校第十三名，被北京大学法学院录取。那一年，清华、北大在学校招走了二十名学生。

那年夏天格外热，像笼罩了一层密不透风的网；天上没有星星，它们像是都躲起来了，如同过去的故事一样；时间走得很慢，每天都在提示着我，一直无比珍惜的时间，现在可以毫无顾忌大把地浪费了。

我曾无比讨厌青春，无比讨厌结局，无比讨厌一切和我有关的故事。

然而现在，似乎一切都很平静——成败，得失，你我。

那是我第一次觉得，人生没什么公不公平，也没什么残不残酷。你的努力并不一定每次都被看到，时间可能会和你玩捉迷藏的游戏，但只要你永怀一颗赤诚的初心，持之以恒地做你该做的事情，你就会收到属于你的那米阳光。

是的，我们该做的，我们能做的，我们得到的，已是最大的幸运。

[五]

现在的我，你一定猜不到是什么样子。

可以很真诚地和你分享，现在的我很好很好，我学会了化妆，衣品也很好，因此成了很多男生追捧的对象。

我的英语很不错，读本科期间去过美国纽约大学做交换生，这要感谢自己当年辛辛苦苦打下的底子。

　　我在本科的绩点不算低，排在全专业的前五名，学习依然是一件让我感到自信的事情。我还做了科研，参加了辩论赛，还加入了各种各样的学生社团参加活动，我尽可能地让自己保持优秀，保持出众，一点也不会受到之前复读经历的影响。我就是我，崭新的完好的自己，青年人的世界永远是充满可能的，谁也不要回头看。

　　我常跟自己说，我从小就是一个自卑的女孩，我打造过属于自己的城堡，可也亲睹过它的坍塌，我小心翼翼地编织着自己的美梦，可也见证着它的破碎。我成功了，也失败了；我获得了，也失去了。

　　然而，我一路都在倔强地成长，哪怕是那些痛苦，都令我一路成长，如今我披着那些铠甲，想和你说一句——

　　为自己战斗吧，永远也不要倒下，你是你，也是自己的那面军旗。

Tips

高三复习整体设计

　　其实，所谓的"高三学习"，大家一般称之为"高三复习"。也就是说，在大家的惯常印象中，复习是高三的核心任务。那么，这是否意味着高三学习只是前两年学习的简单重复？高三复习各个阶段的主要任务分别是什么？我将提出和回答问题的过程称之为，高三复习整体设计。

一、高三的学习内容是前两年学习的简单重复吗

　　显然不是。在我看来，高三的学习内容大致可以分成三部分：维持、恢复和发展。下面我分别解释。

1. 维持

　　是指通过每天的常规训练，维持住现有的知识和能力，比如等差数列求和公式，我通过每天做一套题（套题里面必然涉及等差数列求和方法的使用）来维持住我的记忆和熟练程度。

2. 恢复

　　是指通过每天的常规训练或者系统性的回忆和查缺补漏，恢复过去掌握而现在忘记的知识和能力。比如三角函数

中的和差化积公式，原来会背，现在忘记了，就需要通过回查书本再次背诵，并通过专题训练进行巩固，这样就重新掌握了忘记的知识和解题能力。

3. 发展

是指学习到之前从未学过的新知识，比如三角形"四心"的向量表达法，之前没有接触过，高三学习到了，算是发展了新知识。高三学习就是这样在不断地维持、恢复和发展中进行的。

二、高三各个阶段的主要任务

概括了学习内容，下面我们来明确高三各个阶段的主要任务或是学习重点。我认为，高三的三轮复习分别对应高三学习的三部分内容。

1. 一轮复习，重点在恢复

因为这一轮主要是回顾之前学过的基础知识，完成一个知识重新积累的过程，一轮后的理想状态是高一高二学过的所有知识全部恢复，加以维持并在其间适当地发展新知识。

2. 二轮复习，重点在发展

经过了一轮的恢复，此时你已经具备了深度扩展的能力，应该通过日常学习和课后大量做题"经风雨，见世面"，在实战中开阔视野，提高能力，并最终形成知识体系。

3. 三轮复习及冲刺阶段，重点在维持

此时虽有恢复（因为你每日都会忘记）和发展（查缺补漏也是必不可少的），但主要任务则是将高三前两轮复习的成

果维持（同时适当优化）直至高考前夜，并在最后的两天稳定（力求超常）发挥。

　　高三作为积累爆发的一年，在任何时候无论面对多么艰难的复习任务，都要做好自己的规划，根据强弱项明确复习的重心和重点，只有任务明确之后，具体操作时才能做到有条不紊。

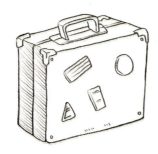

其 实 你 的 好 ， 根 本 不 来 自 任 何 人 对 你 的 夸 赞 。

明义 锐

摄影：菜壤不渡

杜艾玲 /

2013 年考入北京大学社会学系，2019 年进入宾夕法尼亚大学教育学院攻读硕士学位。

"理想众多，天马行空，对人生缺乏计划，但好在运气足够，所以拥有很多奇妙的际遇。从前的理想是成为一名坚定的新闻工作者，后来因为睡眠问题而放弃了，但还在坚持写字。沉迷于人世间一切故事，热衷于了解所有人探索世界的神奇经历。

外表懒散，本质工作狂，一闲下来就会怀疑自己存在的意义。不切实际的理想是做一个电影导演，切实际的理想是做一个对他人有所助益的人。长大是一件好事，青春期的很多晦涩难言会被长大带来的自主性克服掉，但我坚信自己的某一部分一定要留在十五岁——要一直那么热情，那么真诚，那么勇敢，那么珍惜爱和被爱。"

如果不是你，
我大概不会
成书今天的记

　　2018年的春天，我在广州开始新的工作，住处的楼下有一家
花店，我经常跑去买花。到了夏天，和老板娘混熟了，她问我喜欢
什么品类的花，可以帮我留意着，我回家想了一会儿，第二天跟她
说·"最喜欢的还是栀子花。"

　　记忆其实有一个很有趣的筛选机制，某些特殊的时刻总是会被
加上一些特定的印记，而你不会再记得其他记忆中这些印记是否存
在，因为这个时刻是特殊的，记忆为你保留了这一份特殊。
　　栀子花是我关于12岁的印记，站在其中的，是低着头盯着地面
不敢说话的少女和一段漫长的暗恋时光。

我和S的第一次见面是在2007年8月31日下午，其实说是见面也不太准确，那一天下午，我见到了S，S却没有见到我。

那天其实热得厉害，上午刚报到完，下午就要站在操场上，顶着烈日听站在升旗台遮阳棚下的老师致辞。这样的致辞通常是漫长的，必须由不同的人把"我们的学校是优秀的，我们的老师是优秀的，我们的学生是优秀的，但如果你们不努力很可能就不是优秀的，但鉴于一切都这么优秀，只要你们肯努力，就一定能优秀"这样的意思用好几种方式说一遍。12岁的我站在升旗台底下，听着校领导的致辞昏昏欲睡，但我还是强令自己打起精神来，不敢懈怠。

那个时候的我对于整所学校的新事物都是不敢怠慢的，小城市来的女孩，看什么都新奇，又带着莫名的紧张，生怕行差踏错，暗地里偷偷攒着劲。那天上午，我站在学校楼道"禁止打闹"的牌子前，拉着我妈的袖子感叹："这么好的学校竟然也有人打闹吗？"

在我的概念里，走了大运考上的省城学校里，学生们应该都是伏案学习、艰苦朴素的，打闹应该属于我的12岁以前，属于那个拥挤的小学里要装下将近八十个人的狭窄教室。

戴着假发的校长在台上念了一遍又一遍梦想和希望，然而我却不知道，所谓的梦想和希望是什么东西。

对于12岁的少年而言，梦想是什么？是在夏天偷偷看见同班同学吃过的奇形怪状、而自己却没有零花钱买来尝尝的雪糕，是周末不用回家、瘫在寝室里睡大觉的忐忑之中夹杂的一份喜悦，是第一次站在全班面前讲话时拿出的那一丁点勇气。

然而，那些站在高处的人却告诉我们，那个广阔的世界由一系列可以量化的标签组成，比如分数，比如排名，比如是否能够进入本校的高中部，比如进入排名多少的大学，比如是否担任学生干部，比如能否拿到每年一度的奖学金……

当时站在升旗台下的我，并不是很明白这些复杂的变量为什么在老师眼里那么重要，也不清楚自己将面对的是怎样复杂的未来。只记得后来，这些大道理开始一句句变得模糊，绕着耳朵嗡嗡响，似是听进去了，又好像没听清。

就在阳光把我晒得迷迷糊糊的时候，隔了一个班的队伍私下里整了一下队形，刚选出来的新班长站到了最前面，我一晃眼往那边望过去，看到队头的男孩。

那天 S 穿了一件黑色的衬衣，配了一条牛仔裤，阳光照得他的轮廓都在发光。他转头面朝学生队伍的方向站立，明明很多是刚认识的同学，他却没有一点不适应，从容地指挥着队伍往前调整。

其实我不大看得清 S 的脸，只记得他在同龄的男生里个子算是很高了，而且站得挺拔。后来我听人说，年少时候喜欢的男孩子"像风里的一棵小白杨"，就会想起这一幕。他就像一棵小白杨，站得那么直，利落的碎发扫过额头，发出像小白杨的叶子在风里抖动的声音。

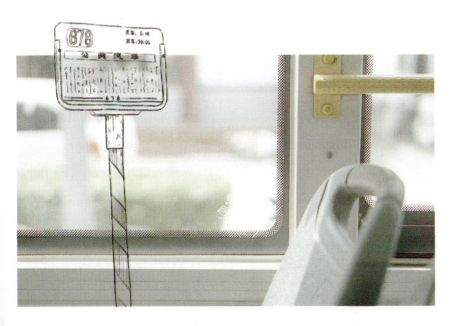

　　当然，看到这里的人多半会莫名其妙，因为我很难用合适的词语去描绘 S 的样子。一次我在带小组工作的时候做"亲密关系"的主题，师姐和我们分享高中暗恋的经历，她在原地犹豫了半天，不知道要怎么描述那个人的样子，我坐在座位上看着她憋红了脸，却一个字也说不出来，最后她说："你们知道吧，就是什么都好，就像我心里面的观音。"然后大家哄堂大笑。

　　那些潜藏在少女心中的少年，大多都有着光亮的样子，你想要用世界上最烂俗的、最直白的、最好的词句去形容他，但又羞于启齿，那些哄堂大笑里包含着一种默契。我们很多人都有自己的"观音"，他长什么样不重要，重要的是周身的光亮。

少年都是有光的。

那次枯燥的演讲变得不再那么无趣，我小心翼翼地让目光在升旗台和隔壁队伍之间逡巡。我前十二年一直过得漫不经心，在小城市的公立小学里，老师们容易把学习优秀和品质、领导能力这些对于小学生来说很虚无的东西挂钩。直到这一天，我站在这个操场上，发现原来有一些东西能够超过原本生活里的所有意义，吸引我的全部注意力。

那天演讲结束以后，我拉着身边一个剪着整齐锅盖头的女孩，故作漫不经心地问："那个人是谁啊？长得好高，我刚还以为是班主任呢。"女孩转过头去看了一眼，然后仰着头笑，骄傲地跟我说："那是 X 班的 S 啊，是在我们附属小学读的，我跟他一个班！"末了她压低声音，但又掩饰不住兴奋地跟我说："怎么样，不错吧？他可厉害了，以前是我们的大队长。"

那天的傍晚下了一场大雨，成都的八月，雨季还没有走，说下就下的雨遮住了我的视线。雨势稍微小一些了，我正准备跑进院子里，突然二楼连接两栋教学楼的走廊里走过来一个人。

因为走廊是悬空设计的，所以站在一层的人没有什么视线的阻挡，看得格外清晰，我看到 S 从那条回廊里走过来。当时正是夏天，南方的夏季植物格外茂盛，我也想不起是哪里长出来的植被，总之四面八方有一股绿意投射在他的四周，少年和这些植物一样，郁郁葱葱的，整个回廊都透着生机。

初一那年学校响应"素质教育"的号召，给学生办选修课，我稀里糊涂地在一堆课里选了《演讲与口才》。恰巧的是，S也选了这门课。选修课教室一共只有寥寥十几个人，其他人大多去上了看起来更有趣的课，比如飞行器模拟之类的。进教室后，我挑了最后一排靠边的位子坐下。

S坐在班里第一排的正中间，正对讲台的位置，我看着他的背影，一面是惊喜一面是忐忑。

过了一会儿，演讲课的老师让我们挨个自我介绍，我坐在椅子上攥着自己的衣角，觉得双脚沉重。那个年纪的我很矛盾，一方面我不太自信，留着最普通的西瓜头，黝黑的脸庞在白色校服的衬托下显得格外没气色，面对着闪闪发光的少年，我恨不得找一条地缝钻进去才好；另一方面，我又心存向往，希望自己能够在某一天突然习得绝世口才，在他面前侃侃而谈，不必再有一丝一毫的局促。

就在这样的纠结里，我拖拉着不愿意上台，直到只剩下最后几个人，才慢腾腾挪到讲台前。

所有人都看着我。

那一刻，我觉得千言万语都堵在喉咙里，一个字也说不出来。然后我听见自己开口："我叫×××……"我的声音真难听，像是手指甲划过黑板面。

我匆忙抬头扫了一眼台下的男孩，他正睁着眼睛看我，我和他对视了一眼，心里想，完了。

我一句话也说不出来了。

在台上尴尬地沉默了半分钟以后，我涨红了脸往自己座位上跑。班里几个活跃的同学转过头来看我，然后起哄，这其中也包括 S。

　　我清楚地记得他在我跑下讲台的时候在我身后大声地问："你叫什么来着？"

　　我坐在座位上欲哭无泪。我和 S 的第一次照面就在我的狼狈不堪中匆匆收场。后来我换了课，再也没有去上过"演讲与口才"。

　　那段日子里，我和 S 的交集很少，我和一般陷入暗恋的女孩一样，神经质地想要每天多看对方一眼，希望他能多注意到自己一些。

　　我和 S 的班级中间只隔了一个班，但在初一那一年并不相邻，初二那一年他们搬到了和我们一层楼的位置，我就开启了每天往复不断的旅程。走廊两边都有大的垃圾桶，我开始频繁地扔垃圾，有时候一张小纸条写废了，我都舍不得扔在我们班的垃圾桶里，偏要喜滋滋地揣着小纸条跑到 S 班旁边的垃圾桶扔掉，再装作不经意地拿眼睛瞟他们班的教室。S 很高，我总是能很快定位到他的位置，然后再快速扫过旁边的人，生怕有人发现这个秘密。

　　我们学校有一个令我现在想起来都觉得不可思议的制度，就是为了防止中午排队的时候学生插队，一批学生会干事站在后面查插队的人。于是到了饭点，一帮十五六岁的小少年饭也不吃，黑着脸站在乌泱泱的人群后面，表情严肃、一动不动地盯着饥肠辘辘的同学们，时而还要跑进队伍里揪几个人出来，对他们说："扣分，扣分！"

变态归变态，但初中那会儿我心里暗暗地还是很喜欢这个制度的，因为到了 S 执勤那一周，我总是能看到他穿梭在人群里面，我会专挑 S 站岗的队伍，脸上洋溢着花痴般的微笑，明明可以好好和其他人并肩站着说话，我偏要180度转身跟神经病一样背对着队伍站，因为那样可以多看他几眼。

食堂的座位是按照班级安排好的，因为我们班离 S 班近，我又可以在吃饭的时候多瞄上他几眼。餐桶和食堂的出口在两边，我坐得离餐桶近，每次 S 放餐盘时都要从我这边经过，每到这个时候我就会加倍紧张地和同桌聊天，不管其他时候盯他盯得多紧，这种时候也一定不能看他——输人不输阵啊。S 放回餐盘，会从我身边短暂地再经过一回，然后顺着过道走出食堂，这时候我会一直看着他的背影消失在那个狭窄的小门里。

我一直觉得自己是对 S 背影最熟悉的人，那几年我几乎看的都是他的背影——升旗仪式的，去食堂路上的，回寝室路上的，走廊偶遇的，运动会上的……

我初中那会儿是班上的英语课代表，晚上需要等所有人交上了作业才能走，我一般会拉着同寝室的女孩一起穿过悬空的走廊，然后绕很大一圈从办公楼正对面阶梯教室的楼梯走下去。那条楼梯是露天的，有一层半楼高，直直地通到教学楼正中的小花园里，到了五六月，从那条楼梯里走出来，就能闻到栀子花香。

这样的楼梯有两条，我有时候能看见 S 从另一条楼梯上走下来，他的背影在月光下仍然挺拔，月色清冽，伴着同样清冽的栀子花香。夏天的时候，少年穿着白色的校服衬衣，和月光混在一起，只觉得整个小花园里都隐藏着淡淡的银白色的光，这景象带着一股芬芳，停留在我心上许多年。

栀子花香里的少年背影，是我为十二岁到十五岁那三年所做的标记，单独存在记忆的某个小小暗格里。

大二那年，我和 S 失去了联系，某个深夜刚和人吃完消夜准备从学校西南门回去时，朦胧的夜色里什么都看不清，我正等着同学开自行车锁，突然看见前面掠过一位少年的背影，那背影非常熟悉，虽然夜色浓重，西南门的步道上又种满了树，大概几秒钟的时间，他就消失在树影里了。但我很确定那是 S，我知道不会有第二个背影让我看错。

大四那一年我和 S 重新联系上，不经意地问他："你是不是在大二那年来过北大？" S 愣怔了一会儿，在我的提示下才想起来，他笑着说："那是我上大学以后唯一一次去北大，竟然还能遇到。"

和 S 还没有交集的时候，我整个人的认知很混沌，我不是一个那么容易说服自己接受什么逻辑的人，当我奋拉着脑袋听完入学典礼冗长无味的演说后，所谓的奋发图强就彻底和我绝缘了。我在一切可以睡觉的课上睡觉，不能睡觉的时候，就在教科书上涂鸦，为此语文老师还差点撕了我的课本。

而我的数学成绩完全没有退步的空间，因为几乎已经到了谷底，最终，班主任在一个晚自习的时候忍无可忍，把我叫到办公室去谈话。对她的话我有一搭没一搭地听着，她的意思不过是"你现在不学习以后就没出息"，我心里根本不知道所谓的出息是什么东西。

所有的话被反复地拿来讲了很多遍，我昏昏欲睡。班主任长叹一口气，跟我说："你怎么也是班长，班长就要起好带头作用。"我正悄悄摆出无所谓的表情时，班主任又接着说："你看看×班的S，他也是班长，人家就以身作则，起到了榜样带头作用。"我一个激灵，睡意全无，甚至还下意识地往S他们班班主任办公桌那儿瞄了一眼，看到没有人，才舒了一口气。

那时候我心里的第一反应是：完了，我们的关系被人发现了。

如果S知道这件事，一定会面部扭曲地在心里想：请问我们有什么关系？

我的班主任大概是无心之举，但这是她和我三年谈心过程里最有用的一句话。我回班上以后，怀着一颗莫名虔诚的心把一团乱麻的抽屉收拾得整整齐齐，然后再收拾出几个笔记本，郑重地规划出了不同科目的笔记，顺便把皱巴巴的教科书、辅导书的书页重新捋了几遍，态度端正得就差沐浴焚香了。

　　在进入这所中学的第二年，我终于进入班里正经学习的行列，班主任看着我求知若渴的眼睛，对于这次谈话显著的效果倍感满意，如果可以写书，她一定会把这次谈话归为《中学生谈话十大经典案例》中去。

　　没有人知道我这是为了 S，更没有人知道在班主任提起 S 的时候，我简直有一种奉旨成婚的喜悦。那是我年少时分少有的能够在公共场合和 S 被拉到一起谈论的时候，我一直看见的是他遥不可及的背影，猛力往上追，但怎么也追不上。

　　我和 S 是同一个语文老师教的，她很喜欢拿我们考试写的作文、平时写的周记在两个班级之间分享，那个时候我日子混得漫不经心，但作文写得还不错，一来二去，他大概对我有了些印象。当我意识到这件事的时候，就更加铆足了劲写周记和作文。

每次周记开题前我都要花将近一周的时间思考这周写什么，而限时的作文更是让我巴不得花上几小时去精雕细琢。这些努力都有了一定的成效，S渐渐对我的名字更熟悉了一些，有时候分享周记本和作文的时候他会在我的本子上写几句简单的评语，真的就是很短的几句，却能让我开心好几天，还要摊开周记本默读并背诵。

我们在某个已经记不清的时候加了QQ，我的脸皮也渐渐厚起来，有时候会在QQ空间里写一些自己觉得别人看不懂的文章，你知道那些文章的语气真的可以说是……很令人肝肠寸断了。

我以为这很隐秘，直到很多年后我一时兴起打开QQ空间，看完一篇以后就再也不敢看下一篇，我的字里行间里仿佛都写着一句话．我好喜欢S。

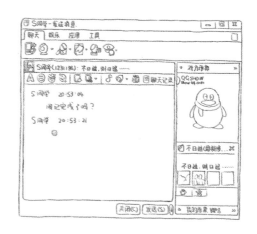

少女的情怀其实很复杂，你既希望他能懂，又希望他最后永远也不用懂，但如果他不告诉你他懂不懂，你巴不得天天拿个喇叭坐到他楼下去表白自己的小心思。

S 会在我的空间里留言，说对我写的东西印象深刻，希望我一直写下去。

我和 S 有时候会在周末的时候通过 QQ 聊几句，但和现在的聊天很不同，我从来没想过要和他长久地聊下去，我们的聊天内容很寡淡，脱离不了周记和作文，除此之外我也无话可说，从来不会强行聊下去。

S 在周记里写过什么我大多忘了，只有一件事记得很深刻。在一篇谈理想的周记里，14 岁的 S 郑重地谈到了自己的生命和他人生命的关系，提及了人生价值实现的意义，说自我的存在要使得他人更好才有更高的价值。我现在想来也会觉得惊讶，在我还为了一些和同学之间细微的龃龉哭鼻子的时候，S 已经开始思考这些问题了。他的确成长得比我快了好几倍。

后来不知道怎的，我和 S 开始交换起书看。我们一起读过张爱玲、林夕、三毛的作品，那个年纪的我对于这些人的散文集和小说只能读懂皮毛，却也乐在其中，觉得好像窥见了一个不一样的世界。S 习惯在扉页的右下角注明自己的名字，我每次拿到他给我的书都会乐呵呵地摸一阵他在扉页留下的名字。我也渐渐养成了会在扉页右下角写自己名字的习惯，并保留至今。等我想起来再问 S 还有这个习惯吗，他说："再也没有了。"

2010年的夏天，中考前我问 S："你想考哪里？" S 骄傲地说："我想读我们学校高中的五班。"我们学校的高中是以学生中考成绩排位来分班的，班号越高的班级，学生排名就越靠前，因此五班是最好的班。我感到很紧张，知道自己不可能进入五班的，我和 S 差了八九十名。但我想靠他近一点，再近一点。于是我说："那我想考四班。"

从那一年的春天开始，我平生第一次为了一个具体清晰的目标而努力，连周末都憋足了劲。中考前我和 S 站在教学楼面西的地方一起看了一次夕阳，我忘了我们说了什么，甚至忘了我送了他什么毕业礼物。夕阳的余晖洒在我们身上，白天那些燥热蒸腾的气息仿佛都从我们身上消失了，只剩年轻的脸被染成了金黄色。安静地看完日落后，我们沿着楼梯慢慢走回教室，我记得自己脸上一直都有笑容。

关于中考的记忆是郁郁葱葱的，那几天下过大雨，走在学校的林荫路上能看见绿意蔓延开来。

中考成绩下来了，恰恰是我应该拿的那样一个成绩，最终我凭着一种侥幸进了四班。说起来，这份侥幸里也有 S 的一份功劳，却不是我所希望的那样。

我的分数其实没有到四班的分数线，但在最后确定名额的时候，老师告诉我，前面可能有人不愿意留在我们学校的高中部，因此或许我能补漏进四班。

但我知道，结果对于我而言并不重要。

那一年 S 的成绩很好，高居前列，稳稳地上了五班的线，但他最后决定要去另一所学校。

听到消息的时候，我只觉得上天跟我开了个玩笑。我从初中就知道自己实在不是学理科的料，便坚定了高中要学文科的想法。S 去的学校在省内的文科里算是数一数二的，我当时其实很想去那里读高中，然而因为 S 要留在高中部，便放弃了这个想法。

我一直觉得很有趣，自己一点点地被 S 改变，但人生却好像非要和他作别不可，在这里拐了一个大弯。

S 悄无声息地离开了我们的学校，我在同样校园的另一个教学楼里穿梭，有时候走进一模一样的食堂吃饭，站在一模一样的操场上升旗的时候还是能想起他。我花了很长时间才接受了这个事实，明白我们熟悉的这块地方再也不属于我僻静角落里的单恋记忆了。

后来关于 S 的传言很多，我从大家拼凑起的故事碎片里得知，他在那所学校里仍然突出，还当上了国旗班的升旗手，他在分科时选了理科。

但S再也没有回到过这所学校来看看，我也没在QQ上找过他，我看见他的空间里偶尔更新一些语焉不详的信息，而我自己在新环境里也有了更多的新生活和新烦恼。我想起S的时候开始变少，只是偶尔在周一的升旗仪式上，看到高年级的升旗手把国旗徐徐地往上升时，会想，如果这个国旗由S来升，他会以怎样的姿势把它升上去呢？

我的高中岁月漫长而冗杂，我开始发生很多变化，不再是那个在人群里一言不发的女孩。我开始在学校里办一些活动，也敢于作为学生代表，为同学们争取利益。

再后来，我和S又有过一些零散的联系，我们仍然很少在网上说话，一般会在周六放学后见面，或是吃饭，或是散步。我们在一片湿地公园里再次看过成都的夜景，周六夜晚的公园里有很多人，我们和摇着蒲扇的老人一起，围着水域走了一圈又一圈。他告诉我，他去了理科班以后觉得自己大概考不上顶尖的大学了，于是在读了很长一段时间理科以后转去了文科班。

我点头赞同说，你是对的。我点过头以后才发现，这其实不应该是以前的我。如果是以前的我，一定会问他，你想过时间的问题吗？你担心过结果不好怎么办吗？顶尖大学真的那么重要吗，

要 一 直 那 么 热 情，那 么 真 诚，

那 么 勇 敢，那 么 珍 惜 爱 和 被 爱。

去一个还不错的大学不也很好？

但我没有，我相信他用自己的思考做出的判断，我不再一味地追求稳定、担心别人怎么看，他让我相信我们都有这个能力为自己的人生负责。

他说起他在高二结束以后去清华参加了夏令营，他说起清华校园有多大，那里的学生有多优秀，那里的食堂怎么样。我只能跟在路灯的阴影里点头，他说的那些对于我来说只是模糊的剪影，是遥远而不可触及的梦想，是一个个标签拼凑起来的梦里的图景。

我转过头去，蓉城的风温柔地拂过我们的脸颊，我看到他的眼睛里面是有光的。我的高三过得非常煎熬，由于很多因素，成绩一落千丈，从零诊（成都的全市诊断性考试）的全市前二十，一路跌到两千名开外。在一个再次焦虑失眠的夜里，我蜷缩成一团，不知道想到了什么，我给S拨了电话。

S高三没有在学校住，正在家里看电视，我跟他简单地讲了这件事，然后绷不住大哭："为什么啊，你说这是为什么啊？"放下电话前，S突然一口气对我说："其实……你很好的，我相信你可以的，我一直相信。"

我挂了电话，然后在长夜里号啕大哭。

其实已经很多年没有人对我说过这句话了。同龄人的宽慰作用微小，父母老师常常做的是把我的成绩曲线图拼凑到一起，然后质问我："这科为什么退步了？是不是又没好好学？"

S是那一年唯一一个对我说这句话的人，我可以确信。幸好在那漫长的半年里，他对我说了这句话。

那半年里，我没有退路，只能往前走，我心里一直默念着："你很好的。我相信你可以的，我一直相信。"

那年的高考下着大雨，雨水冲刷着这座城市，我和S考了同样的试卷，却得到了两个结果。后来每一年北京下大雨的时候，我总是能够想起那年高考的大雨。

他没能去清华，而是去了一所普通的财经类学校，我却阴差阳错地踩线进了北大，来到了未名湖畔。四年里，我和清华隔着一条街，每次从清华的西门路过，抬眼就能看到里面葱郁的树木。

我去过清华几回，也接触到一些清华的同学，有时候走过清华园的路，看到小黄车晃悠悠地在我面前骑过，我有一种奇妙的感受，那些属于遥远幻想中我们描绘出的粗线条图景终于变成了一个个现实，清华从巍峨屹立的形象，变成了一阵风、一片草坪、一缕阳光、一丝在鼻尖荡漾开来的咖啡香气。

我和S渐渐淡了联系，甚至连微信也没加。

我逐渐想起一些细枝末节，比如高二那年我在校刊上发表了一篇文章，兴致冲冲地拿了一本穿越半个成都去他们中学给他。他

拿到以后把整篇文章抄下来，写了满满一黑板，然后泡了一杯茶还是咖啡，在教室里对着黑板坐了一下午。他发了一张彩信或 QQ 图片给我，是满满一黑板的文字，花花绿绿的。我不知道他想说什么，然后……忘记了回复。

我很久之前就以为，我和 S 不会再相见了。我的生活以更快的速度开始展开一个崭新的面貌，我忙于学生工作、学业，开始尝试着好好安排自己的生活，那几个洋溢着栀子花香的夏天离我越来越远了。

直到2016年的夏天，我在一个机构补习英语。

那是一个稀松平常的下午，我到机构的前台签到，拿了机器准备去听线上录好的课时，顺着几个名字往下看，就看到了 S 的名字。

S 的名字很独特，是很难重名的那种，我看到那个名字以后愣了很久，一直到值班的同学问我："同学，你有什么问题吗？"

S 那天来得比预约的时间晚，我坐在那里等了很久，才看见他走进来。

四年的时间，他好像又长高了，又变瘦了。

他没有看见我，我看见他在我的斜对面坐下，掏出 iPad 来看课程。

那天 S 走得比我早，我本来想在他离开的时候去追他，然后问他："是我啊，你还记得吗？"

但我没有，我目送他在签到表上签字离开，然后走出那间教室，而我像往常一样一直在教室里待到了夜里关门才走。

那天我坐车回家，夜晚的五道口霓虹灯闪烁，我看着前方，想起这么多年的很多事情。

夜晚的栀子花香，夕阳余晖下少年的脸，满满一黑板花花绿绿的粉笔字，育才东区初中部漫长而炎热的夏天。

故事的结尾其实很平淡，第二天 S 又去了那间教室，顺理成章地，他看见了我，我们打了招呼，然后一起吃了一顿饭。

22 岁的我开始拨开这些年重重的迷雾，用新的记忆去拼凑 S。

说来尴尬，我们打完这么多年的第一个招呼以后，S 开始跟我讲他未来的规划，从他的打算聊到怎么去实现这些打算，我一句话也插不进去。

我知道他这几年奔波在学校和清华之间，只为了挑空闲的时候去清华听几节课。我知道他研究生仍然想去清华读，并且已经开始着手准备。我知道他给老师当助教，在语言考试和忙碌的校园生活里来回转换。

我看着 S 急切地剖白这一切，突然想要低下头微笑。

原来 S 是一个这样的少年啊，他也并不总是从容，在面对故人的时候，他也努力地想要证明自己。他急迫地想要和我讲未来，却对过去只字不提，他想要奔向那个未来，他和我一样，也曾不喜欢过去的某段时光。

他也只是一个在岁月磨砺里慢慢长大的年轻人罢了。

我跟人聊起和 S 的故事时，总是想说，其实我没有想过要和 S 在一起，从来没有。我试图以此劝慰那些爱而不得的朋友：喜欢并不是要靠在一起证明的。

但在许多个迎着风走回家的路上，我想起那段盛放着栀子花的年少岁月，还是不得不承认，我也为那些无动于衷的时刻黯然神伤过。

我曾经想问 S 很多问题。

12 岁那年我从讲台上跑下来，你为什么要一直追着我问？

13 岁那年我在 QQ 空间里写的东西你看到了多少？

14 岁那年你们班的排球砸到了我的头，你有没有看见？

15 岁那年你要离开育才，为什么不告诉我？

16 岁那年你写了满满一黑板的字句是什么意思？

17 岁那年你送我的生日礼物为什么那么敷衍？

18 岁那年我向你发送了微信好友申请，你为什么不通过？

但我没有问，时间关闭了问题的阀门，我和所有单恋的少女一样在孤独里迷茫而感伤，但我没有责怪过S。

有人说单恋像是一场荒诞而自私的独角戏，平淡无奇的少女偏要把另一个人扯进来一起上演这场戏，但其实只有一个人乐在其中。

我想，那又有什么关系，S给予我的一切是我人生中最为宝贵的一部分。第一次知道努力的意义，第一次对一个人好而不求回报，第一次发现生命里除了那些可以测量的东西以外还有其他动人之处，第一次学会不为了谁的青睐有加而改变自己，第一次明白什么是不可妥协的，第一次知道梦想的含义，第一次对遥远而不可到达的目的地产生幻想。

如果不是S，我大概不会成为今天的自己。

我给自己的野心、勇敢、爱找到了一个支撑点，他教会我如何从容而独立、善良而随和地面对生活。S并不知道，在人来人往的洪流里，他怎样塑造了今天的我。

谈起初中，S淡淡地说："其实我不太喜欢那时候的自己。"
我诧异："其实那时候的你……已经很好了。"
S愣了一下，然后轻轻笑了："是啊，如果你都不觉得那个时候的我好，还有谁觉得那个时候的我好呢？"

我不知道怎么接，绕了一个弯把话题岔了过去。

其实我知道他的意思，时隔这么多年，我对他有着最基本的信任。我渐渐明白，他也不过是最普通的年轻人，也有自大虚伪的一面——我太清楚他的不好是什么样的。但我也知道，我心底里的暖意有他的一份。我永远记得周记本里探讨人生意义的字句，也记得他说起未来时眼里的光。

年少时光真好，永远不以最坏的恶意去揣测他人，那些岁月里流逝的最朴素的感动，让我们在记忆里鲜活起来，也成为今天的我。

我很感谢 S，这些年有他为我带路成长，我其实很幸运。

我在一段漫长的岁月里奋力奔跑，只为了在某一段里程终于和S相会，然后握手道别。

我的17岁过得混混沌沌，有时候在一片黑暗里发呆，会突然想起17岁的自己，夜幕低垂的时候，我会找理由跑到操场上消暑，高中岁月里最后的夏天，焦躁难耐。

记得中考那一年的体育测试，因为成绩要计入总分数，所以大家都练习得格外认真。800米跑一直是我的弱项，每次跑到一半我都想放弃。S他们在我们前面跑，我跑步的时候有时能看见他喘着粗气在一边休息，汗水浸透了细碎的刘海。

每到这时我就鼓励自己，不能放弃啊，S在那里呢。

17岁的我尝试和15岁的我一样，对自己说，不能放弃啊。我伸出手想要抓住S，我想象着他像那几年一样，带着我一路狂奔。

然而我现在23岁了，我没有完全长大，但我渐渐地也在勇敢长大了。

23岁的我终于把这漫长的十年一字一句写了下来，我斟酌着每一部分的内容，尽量诚实地讲述这一切。这就是一个平淡无奇的故事，有着最平凡的开头和最不起眼的结局，过程如何重要，也只有我亲身体会过。

我奔跑的前路上终于不再有S的背影，他消失在跑道的尽头。

我站在17岁夜晚塑胶跑道旁的树影里看着瘦小的自己，她抱着肩膀，对这个世界有诸多幻想和诸多猜疑。

　　23岁的我走出树影，站到了17岁的我的身后，伸出手去，握住了她带汗的手。

　　谢谢你，S，谢谢你没有忘记12岁的我，也谢谢你见证过22岁的我。

　　那么接下来的路，我终于可以牵着自己的手，勇敢地向前奔跑了。

Tips

关于历史学习

" 历史看似是一门考验记忆的学科，但随着考试方式越来越灵活，在历史考试中考验的不仅是考生的知识积累，更多的是触类旁通和思辨的能力。在高中三年的学习里，因为拥有比较好的思辨能力，我在历史这门学科上成绩算是相对稳定的，因此可以谈谈自己的学习技巧。

一、最重要的法则：找到适合自己的学习方法

大家都很喜欢看各种各样的独门秘籍并加以效仿，这样不是不可以。但对于学习而言，临帖的目的还是在于要能自己独立动笔，尤其是每个人有自己的学习习惯，这样的习惯是先天和后天共同形成的，并非学了他人的技法就能完全适应，而找到自己的方法往往能够事半功倍。因此，我们往往听说有的同学学习很久也非常专注，但收效甚微，而有的同学学习一会儿便能提升很多，这跟是否找到了适合自己的方法有很大的关系。

举个例子，我是视觉学习能力很强的人，因此，在对于知识点框架的记忆中，我会着重去观察整体知识树的构成，

然后再进入其中，一点一点去记忆。到最后，我能够对于某一个知识点在知识树的哪一个位置有非常深刻的印象，甚至于自己记下的哪一个小点在练习册具体哪一面的哪个角落也可以清晰地记得，这对日后加以运用起到了很大的作用。但如果让我通过抄写或者听老师叙述的方式来进行记忆，我会记得非常慢，并且忘得很快。

因此我很清楚，在每一次考试前，我一定需要一个自己单独的空间，把笔记梳理一遍，多观察大纲和单独的知识点。在这个过程中，我提倡大家整理自己的知识点手册，这个手册可以是誊抄整体知识点结构的笔记本，我使用的是一本知识点结构比较全的练习册（因为我比较懒……不过我个人觉得抄写的勤快价值并不大）。但

是请注意，第一步梳理知识框架的过程往往是最基础的，更重要的其实是来自后期的补充。整理自己单独的一个知识点手册，其逻辑梳理方式、整体结构、排版布局也需要根据自己的习惯来做。有的时候，如果自己有哪些独特的记忆链（比如顺口溜、时间线的联想等），也可以记录在后面，随时翻看。

二、补充自己单独的知识点手册

1. 反复练习和总结

在备考过程中，我们会一遍遍刷题，但刷题本身并不是目的，从错题中汲取有益经验才是关键。

或许大家会有这样的感受：题刷了不少，但是像历史这样的学科题目却很难总结出

系统的错题体系，加以分门别类。在这种情况下，我往往会在错题处写下自己对于错误的反思过程，最后提炼出一个错误类别（这个类别也是需要自己做多了错题以后，慢慢归纳出的属于自己的类别）。当然，很多时候我们会发现做错题并不是因为能力，而是因为知识点的缺失，这样的知识点往往是课本上没有的，那么我们就可以把这些有助于我们做题的知识点填充到知识点手册相对应的位置，日积月累，你会发现，自己头脑中的记忆越来越丰富（掌握别人不知道的冷门知识也会成为一种乐趣）。

2. 强化记忆

除了刚刚说到的小技巧以外，更多的情况是没有捷径可走的，但我们可以通过很多路径来强化巩固自己的记忆。知识点的记忆不是当时进行温习就能完成的，对我来说，更大的乐趣是在日常生活里能不断地考验自己。比如，如果平时在做题的时候遇到了什么时期的事，可以逼着自己在答完题后串联起同时期的其他事情，并且在头脑中重复勾勒自己在知识点手册上相邻知识节点的结构（因为我是视觉型学习者，去回顾它们长什么样就能很好地巩固），这样一来，做一道题就相当于回顾了一个板块，久而久之，你就能对于自己的知识结构无比熟悉，说到哪里，都能迅速地想起一整块的内容。

除了联想以外，还有一种办法，就是进行时期的对比记忆。历史学习有的是依循地区史的逻辑，我会在闲暇时把所学过的所有不同地区的历史事件从头到尾梳理一遍，形成一条时间轴，然后把其他地区对比梳理在一张纸上，这样你就能看到整个世界在不同的时间发生着什么，日后在做题的过程中反复来检索遇到的历史事件在这张图上的位置，也能加强对整体世界史的认识。

三、培养思辨能力

历史学习的重中之重是对思辨能力的训练。

据我观察，那些历史学得好的同学绝对不仅仅是记忆了知识点，他们都有高度的逻辑严密性。首先大家要培养自己的思考热情，历史题目其实相较于其他学科来说要有意思得多，开放性、灵活度也高很多，大家要真正积极地多思考这些题目的众多可能答案，甚至在历史学习的各个阶段发现的困惑，也要多思多想，久而久之，你就能够完成自我提问并寻找答案了。我在高中阶段最爱和历史老师讨论自己提出的问题，当他的答案不能满足我的逻辑时，我们还会进行辩论，这样的辩论既有趣又能提升自己的思维能力。对我来说，这个过程是最后历史能取得好成绩最关键的一点。

四、提炼答题点

最后我想讲一讲答题，大家会发现，开拓思路以后，对于主观题我们往往能够举出很多的答题点。一道主观题，我基本能够找到10~20个答题点，所以答题内容往往冗杂（不过这能保证我总能找到正确答案）。但在大考之中，标准答案是有限的，我们做不到穷举，因为这样既耽误时间，也会导致正确答案被淹没，因此，需要在考卷上列出自己找到的所有可能答案，然后进行重要程度的排序，根据题目所给的分数，大致猜到一道题需要多少个点，然后依据重要程度把相应的点写上去。

需要注意的是，判断不同答案对于不同题干的重要程度看似简单，其实需要非常长时间的积累，这是最考验功力的，需要大家有耐心。

学习历史其实是一件很能让人感觉到快乐的事，多多思考、辩论，对个人成长的各方面都是有益的，从当前考试改革的前景来看，沉浸于背诵、刷题已经没法做到让一个人名列前茅了，真正锻炼自己的逻辑能力才是重中之重，希望大家都能在漫长的积累中提升自我，考出好成绩！

摄影：MeetBryan

你 很 好 的。 我 相 信 你 可 以 的， 我 一 直 相 信。

善哥 /

2014 年考入北京大学法学院，现在正申请进入美国某学院攻读硕士研究生学位。

"北大带给我巨大的转变，不仅学术上取得了一些成绩，还慢慢拥有了自己的生活圈、朋友圈，从前我只是拼命追求优秀，现在更追逐宏大的世界和自己的内心。性格比较独立的我，一直有着自己的人生打算，我也曾很迷茫，面对困难不知所措，但我的人生座右铭就像我喜欢的运动一样：尽管酣畅淋漓挥汗如雨吧，结果我们边走边看。"

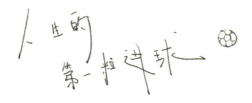

2016年10月4日下午3点28分。

北大女子足球赛进行到第62分36秒，终于有了第一粒进球。

全场欢呼"善哥！善哥！"我抹了把流到眼角的汗，阳光炫目到睁不开眼，球场的欢呼声越来越远，慢慢地，我只听见粗重的呼吸声。

我转头，看到沈超夹在笑逐颜开的人群中，骄傲地挥舞着我的粉色包包。

看来不是梦。

我是善哥，一个女生。

我，进球啦。

两个小时后，我已经坐上了沈超的车后座，阳光把他的轮廓镀上了一层金色。虽然是我进了球，但他像是自己拿了冠军一样，一路边骑车边谈论着刚刚那个漂亮的直射，语气里是掩饰不住的骄傲。

我轻轻贴上他的后背，球衣早已换下，白裙子在车轮边轻轻飘起。在别人看来，或许我们只是这个校园里再普通不过的一对情侣，一起吃饭，一起自习，一起为对方一点小成就满腔满腹地满足，幸福来得微小又张扬。

吃完饭走到宿舍楼下，我抬手看了眼手表，已经快十点了。女生宿舍楼边全是依依惜别的小情侣。男生送女生回家，可是小情侣们标准的约会 ending。

所以，干吗不来点不一样的呢？

我拉起沈超的手，说："亲爱的，谁说一定要男生送女生啊，你看，今天，我可是进了关键一球的大英雄！来，小超弟弟，今儿姐姐送你回去！"

沈超满脸无奈，"行行行，你厉害，你是女超人。"

我趁他愣神，骑上他的自行车一溜烟地往前冲。

沈超小跑着追上来，"欸，你不是说真的吧？你送我回去不合适吧？你等等我啊，善哥！！"

两个人打打闹闹来到了北大南门的男生宿舍楼前，我站在楼下目送他上去，突然有些恍惚。

好像回到了三年前。

三年前我参加比赛的时候，住的也是这一栋楼，结营的那天，我拖着沉重的皮箱从这里离开，原本想潇洒一点，却在转身那一瞬间哭得稀里哗啦。

只记得当时我一边抹泪一边在心里默念：北大，你等着！我一定要回来的，我一定会回来的！而三年后的我，同一栋楼下，再一次转身离开，已成此间的少年。

至于这三年间我经历了什么，只有现在，我才敢回头去看，那段窒息又难熬的时光，那个一腔孤勇的自己。

我高中是在广东读的，那里的人们终年被湿漉漉的热气包围，男孩子们喜欢流着汗打篮球，女孩子们会穿漂亮的小裙子叽叽喳喳地买明星海报。

我是个异类。

每天穿着宽松的运动服上课，下课很少跟女同学手拉手上厕所，一到家就做作业，活得沉默又倔强。

我很喜欢游泳，但从来不约别人一起。长时间在泳池里浸泡，我的身材变得越来越壮实，也越来越不像大家眼中的女孩子该有的样子。

一开始是女孩子们开玩笑叫我"善哥"，我发了几次脾气，但这个外号还是迅速传开了。随后，一些男生开始用不怀好意的眼神看我，跟我称兄道弟，运动会所有项目都写我的名字，路过男厕所时会有人起哄把我往里推，甚至有男生绘声绘色地描述说我是双性人。

少年们的恶意，汹涌而至，毫无道理。而我，只能默念着：三年，三年过去我就离开了，离开就好了。

也不是没有爆发过。

记得高二一节体育课上，我在球场边准备体测，几个踢足球的男孩子见到我之后，故意使坏，用力把球踢到我身上。

好在距离足够远，倒不是很痛，但我受够了这种捉弄，一气之下，我捡起地上的足球朝着一个男生的脑袋砸了过去。那一刻，我只希望一次爆发能换来一段时间的安宁，但没想到，这一砸竟引来了大麻烦。

那节课之后，他们不依不饶，甚至纠集了一整支足球队到我们班级门口找事，说那个男生头痛，骂骂咧咧地要我出去给个说法。我坐在教室中间靠后的位置，身边的同学窃窃私语，但没有人站出来帮我。

后来，是班上几个班干部喊来了老师，解决了这件事。再后来我们被叫到校长办公室写了一封保证书，这件事才算作罢。

但时至今日，每当我走到操场看到有男孩子在踢球时，还是会下意识地绕开。

高考前的最后一个暑假，大家的情绪都紧张起来了，即将升入高三的我们，也稍稍成熟了些，不再有人想着怎么戏弄我，大家都为各自的未来忙碌着。而我呢，还是按着自己的节奏来，会因为高考倒计时紧但不会因为紧张就乱了阵脚，上自习、刷题、背书、跑步、游泳……劳逸结合的安排让我把所有的心思都集中在了学习这一件事上。

而当满满的一天终于要结束的时候，当然会很累很累，但更多的是内心深处无法言说的满足感和别人给不了的踏实感。

在游泳馆里获得的片刻安静的时光里，我时常默默地计算着，还有多少天才可以摆脱眼前的生活。

那时候，我的理想卑微又可笑，不是进入名校，不是出人头地，而是满心希望自己能变成一个普通的女孩子，过上不被注视的平凡生活。

高二那年，北大组织我们省的尖子生去参加体验营，顺便有个自招的考试，一向成绩还不错的我，也得到了去北京的机会。坐上飞机的那一刻，我内心满是不安，但看着机舱外的云，又有一种逃离的欢喜感。怀着忐忑的心情，我第一次遇见了北大。

刚进学校我就惊呆了，北大真的太大了，大到你不敢一个人在路上走，生怕稍不注意就迷了路。我傻乎乎地跟着当时夏令营的同学们，在学校里四处转。虽然大家来自天南地北，彼此之间却很少有隔阂，我想这也许就是"志同道合"的意义吧。在北大的那几天，是我高中里最快乐的日子。

因为，我终于不是一个"怪女孩"了。

以前在别人中午休息或者睡觉的时候，我喜欢去图书室看书，那会儿还看不懂很多外国文学，但就是喜欢抱着厚厚的外文书，边查字典边看，一坐一个下午。这个举动在很多人看来，挺怪的。

以前我去食堂打饭，都会打三两米饭，菜是一荤一素，自己找一张没人的桌子低头吃，这个举动在很多人看来，也挺怪的。

甚至是，我家离学校并不近，但因为宿舍太吵了，所以我坚持走读，每天从学校回家要一小时，到家时常常已经很晚了，所以父母和老师申请，让我少上一节晚自习，学校批准了。每当第二节晚自习下课，我收拾好心情和书包准备走的时候，同学们看我的眼神也是怪怪的。

作为一个怪咖，好像在北大体验的那段时间，我终于"正常"起来了。

这里的每个人看起来都活得自然而从容，都是自己最舒服的模样。

炎炎夏日，有人恨不得24小时躲在空调房里，但也有学姐穿着外套坐在室外木凳上安静地看书，而且不管多少人经过，她都安之若素，从不理会别人怎么看她。

食堂里多的是 个人匆匆忙忙吃饭的同学。有人边吃饭边看书，甚至有学长为了省时间，干脆边走边吃，画面有点滑稽。但他们也是一脸阳光的笑容，从来没人觉得自己是个奇怪的存在。

我偷偷跑到学校体育馆，想看看游泳池是什么样。还好，北大连泳池都是安安静静的，大家在各自的泳道里专注地游着。

我在学校里走着，虽然是个高中生的模样，但没有人再用那样的眼神看我，大家都只关注自己的世界，这一刻我才真正理解，什么是君子和而不同。

北大体验营结营的那天，我和几位同寝室的同学交换了电话，她们有的要回内蒙古，有的要回宁夏，大家一边笑着拥抱告别，一边约定：一年后燕园再见。

"一年后燕园再见"，这是一个很沉重的话题，因为谁也不知道，一年后是否还能顺利考到这里。夏令营的这些天，我们都误以为自己真正属于了这里，这个梦太美好，所以生怕它不小心破碎。

我拖着沉重的皮箱，一个人走下楼，那种失落感难以言说，转身离开的那一刻，我想回头再看一眼这个令人痴迷沉醉的地方，但我倔强地对自己说：不许回头，不要留恋，只有当你凭实力考进来时，这里才真正属于你。

从宿舍楼到南门的路，不过几十米，却显得好漫长。我拖着箱子，依依不舍地离开，走出校门的那一刻，一向倔强的我居然崩溃大哭。

有满心的后悔：为什么仗着学习好，没有好好对待这次自主招生？

有满腔的遗憾：校园的很多角落都还没来得及去，就要离开了，而下次能否再见，都是未知数。

但更多的，是要回去的恐慌，又要面对我不喜欢的生活了。我不知道我还能撑多久，万一，万一我撑不到解脱那天呢？

但眼泪有什么用？剩下的一年，还是在前面现实地等着我。

从北大回来之后，连续好多天我都闷闷不乐。老师和家长也不敢过问，我把从北大带回来的纪念品都藏进了抽屉里，像是一个虔诚的仪式，把那段快乐时光封存。

每天按部就班上课、考试、游泳。偶尔累了，会想想曾经在北大的时光，独自看书的学姐，站着吃饭的师兄，悠然自得的猫咪，还有燕园最美的夕阳。

　　我鼓励自己，我们不必为了"适应别人"而改变自己，只要明白自己想要什么，尽力去追求，总会找到适合自己的小世界，总会有可以快乐生活的地方。现在要做的，就是等待自己的羽翼丰满，翱翔北上的那天。

　　接下来的日子，我争分夺秒地学习，尽量不让情绪受到任何影响。

每天24小时，除了睡觉的时间，我把它们分成四个部分。

早上起来的时候最适合记忆，于是我会在上第一节课之前背诵；上课的时间我是绝对不会走神的，因为这是调动自己学习能力最好的时间段；而每个课间，我会按照三次学习、一次休息的节奏，让自己有张有弛；等一天结束下晚自习回家后，我通常会做错题梳理。

爸妈有些心疼了，毕竟按我以往的成绩，只要能保证正常发挥，还是能上一所不错的大学的。我只能笑着安慰："爸妈，女儿可是要上北大的，不能有一点失误。还剩三个月，我的任务是好好学习，你们的任务，就是多给我做点好吃的！"

爸妈一脸欣慰，"没问题！我们女儿真是太懂事了！"

在学校，我同样是个让老师省心的好学生。不用老师敦促就把自己的学习计划安排得满满当当，无论是大考还是小考，都努力保持着第一名。

我减少了去图书馆看外国小说的次数，把剩下的时间用来攻稍差一点的化学。图书馆有一个很隐秘的位子，我每天就在那里恶补化学，安静不被打扰的感觉，真的很棒。

那时候每周会有一节机动课，一般用来大扫除或者做课外活动，每到这时，如果刚好没有轮到我搞卫生，我就会去操场跑步。

为了不浪费这段时间，我会戴上耳机播放英国BBC的音频，一边跟着重复练习听力，一边跑步。

　　戴着耳机自言自语，还大声地背出来，我知道肯定会招来很多人的目光，但这一次我不再介意，也不在乎，反倒有些享受。就像是我站在北大的游泳池旁，小心翼翼地戴好泳镜，奋力一跃，在水里徜徉似的，那是我的天地。

　　我给自己画了一张表，上面是一个月的学习规划，细致到每天完成多少科目的学习量。通常月考之前，我会提前半个月进入复习状态，主攻一些公式和错题，但现在我觉得还不够，于是调整成提前三周进入复习状态，于是我需要用同样的时间完成别人近两倍的学习任务。

　　高考前的那几个月，我没有看过一次电视，手机也关闭了上网功能，每天扎个马尾辫，带一个超大的水壶，在自习室的座位上一坐就是一天。

　　学校和家两点一线的生活，像是一个看不到边的勇敢者的世界，我必须为最后的冲刺做万全的准备。终于，我没有辜负自己的努力，高考结束，我以非常高的分数考到了北大法学院。

　　拿到录取通知书的那天，我被老师叫回学校，给学弟学妹做分享。

　　重回校园，看着讲台下的少年们热切期盼的眼神，我竟然瞬间哽咽。手里的演讲稿被汗浸湿，字迹逐渐模糊。我有很多想说的话，想说那些独自熬过的夜晚，那一人多高的试卷，和空无一人的游泳馆。

但最后，我还是没有提及过去。我把北大的样子描述给他们听，并不断叮嘱他们，如果你不喜欢现在的生活，一定要往前看，要对未来充满向往，让前方成为你努力的方向。

那年九月，我在父母的陪伴下，拿着全新的蓝色行李箱，又一次站到了北大的南门前。

报到的队伍排了很长很长，有了学长学姐热情的引导，我再也不用担心会迷路了。

我兴奋地给爸妈介绍："看！心理系！我一定要选修心理系的课程！"

"这是哲学系！我去过他们的图书馆，有全英文的书欸！超级厚的，我读完一本要花七八年吧！"

"爸，你们跟好了，我上次过来就是在这儿迷的路！这里的楼太像了！"

爸妈后来跟我说，到北大的那天，是近几年以来，看到我笑容最多的一天。他们小心翼翼地问："小善，你会怪爸妈没有帮你处理学校的事吗？"

我笑着说："没事的，爸妈，还好还好，这不都过去了吗？"

　　进入北大，我终于开始了自己向往已久的生活。我留长了头发，略带羞涩地开始穿裙子和靴子，跟宿舍的小姐妹一起看化妆视频，然后把乱七八糟的颜色往脸上抹。我们一起看电影，一起网购姐妹装，一起期待爱情。

　　日子就这样平淡无奇地过着，直到有一天，在操场上，我看见了沈超。

　　好笑的是，居然也是俗套的被球砸到的戏码。身边的闺密拉着我要去找肇事者算账，我只想赶紧离开，毕竟，这里总能让我想起一些不开心的过往。

　　过来道歉的是一个个子高高、皮肤有些黑的学长，他满头大汗地跑过来，先是蹲着检查了下我被球砸到的小腿，看到那块瘀青，他手足无措地道歉："对不起学妹，我……我们不是故意的。学妹，你看要去医务室吗？"

　　身后的十几个男生也都停下来，眼巴巴地望着他们的队长，一下子突然变得好安静，我再次成了大家关注的焦点，不过，之前是充满敌意的窥探，而现在，则是真心实意的友善。

　　我有点害羞地说："没事没事，我没受伤，我先走啦。"

那个男生赶紧拉住我，说："学妹，如果你回去发现有什么不舒服，记得来找我，我是信科学院的，我叫沈超。"

我说："好的，我真没事。"

沈超还是不松手："学妹，没事也可以找我，我……我请你吃饭补补身子！"

摄影：庇浙天

旁边传来一阵哄笑。我看着沈超真诚的眼神，心里默念：我的爱情，就要来了吧。

我和沈超是从做朋友开始的。

他平常学习也很忙，不用上课的时候，我们就一起去图书馆自习，我把高中时期没看懂的外国小说又重新翻出来读，他则总喜欢看一些战争历史类的书。

世界杯或者欧洲杯期间，我们会到学校对面的小吃店看球赛，通宵的时候我就靠在他卷成枕头的衣服上睡觉。一年决赛，他最喜欢的法国队进了球夺了冠，他兴奋地把我晃醒，然后深深地吻了我。也是那一天，我睡眼惺忪时，他向我表白，成了我的男朋友。

我们在一起后，作为校足球队长的女朋友，我开始有大量的时间出现在球场边。从无所事事的啦啦队，到被沈超拉着做他的陪练，甚至最后，居然也能有模有样地踢上几脚。队友们常开玩笑："队长，我看嫂子这水平，能当替补了，咱赶紧吸纳入队吧！"

沈超听到这话就一脸骄傲地说："那也不看看是谁教的！"

我有时候也会问："你说人家男朋友都希望女朋友弱柳扶风、小鸟依人，你怎么把我当预备队员训练呢？"

沈超听了哈哈大笑："我就喜欢健康壮实的女孩儿！又好看，又好养！"

我说："行，我再多练会儿，争取有朝一日能单手劈砖，一拳把你打趴下！"

如今，两年时间过去了，我终于射中了自己人生中的第一粒球，过去那个自卑敏感的女孩，变得乐观阳光，活成了别人喜欢、自己也满意的模样。

这几年的校园生活虽然简单，但对我来说却是一个巨大的转折。我明白了一个道理，你想过什么样的人生，你想与什么样的人共度余生，是你自己去掌握的，你只有跳脱出所有敏感消极的情绪，用力挣脱出不喜欢的环境，站在更高更远的地方，才能拥有主动权。

在我的人生中，有很多第一粒球，被讨厌的男生恶意踢中的，被喜欢的男孩无意踢中的，还有通过自己的努力独立踢中的，这些球就像是一个个人生阶段，代表着我的蜕变与成长。

我知道，未来依然像一个又宽又远的球门，潜意识里它宽阔到你可以任意踢中，但事实上却又遥远到很难触及。不过我想我已经准备好了，不管怎样，球在脚下，跑起来，瞄准，总会踢中的。

不是吗？

Tips

理 综 应 试

　　我是典型的理科女生，不论是高中学习，还是大学之后的思维方式，都非常理性地追求同一套方法论，所以我首先建议大家先认清自己究竟是适合学文科还是理科，因为思维决定习惯，习惯又会影响思维，我们都应该在自己最擅长的领域去奋斗，这样才有真正的"捷径"可言。

一、物理

　　学习物理，我建议大家学会化繁为简。一个复杂的物理过程，其实可以分解为很多简单的子过程，这就要求我们在做题的过程中，首先仔细审题，将题目层次化，这样就会更简单一些。

二、化学

　　学习化学，要学会多用类比和比较的方法，这听起来像是语文的知识，但其实在化学上也同样适用。因为很多化学反应过程，是可以通过类比和比较加强理解和记忆的，我们要学会逆向思考，这往往可以举一反三。

三、生物

　　生物这门学科，我一开

始也很发愁，但你要知道，生物是一门文科和理科结合的科目，要充分重视生物知识的记忆，所以要多下功夫背知识点，先记忆，而后才能理解。此外，大家可以归纳总结自己的笔记，形成知识体系，这样才能在复习阶段有的放矢。

其实不仅文科有很多的应试技巧，理科也一样，按照你的掌握程度，从你最有把握的那一门课开始做起，遇到难点先过，因为理科有很多相通的地方，也需要冷静下来缜密思考，所以在做题过程中，也许自然就有了答案。

如果你不喜欢现在的生活，一定要往前看，

要对未来充满向往，让前方成为你努力的方向。

Connie /
2012 年考入北京大学社会学系，现就读于法国巴黎政治大学国际事务学院国际发展研究生项目。

"出生于少数民族聚居的小山城，但从小热衷宏大的国际议题，对外面的世界和多元的社会文化怀有强烈的好奇心和求知欲。从小县城到北京再到巴黎，一路走来，始终带着开放和学习的心态去拓展思维的边界，接纳不一样的价值观，也探索理论与实践更多的可能性。脚步越走越远，看到的世界也更辽阔，但始终不曾忘记自己来自何处，并坚定地心有所往。

我喜欢仰望星空，因为抬头看不见尽头的夜幕总给人一种'无限'感，但我深知自己不是一个浪漫主义者，相信脚踏实地一砖一瓦才能建设自己想要的生活。毕竟，理想不是空谈，而是能够用自己的实际行动在所处的职业领域推动变革，创造不同。"

我的天才女友

飞机掠过海岸线时，橙黄的阳光从机窗洒进来，我侧身一看，加州绵延的海岸线在眼下铺展开来，空乘播音说："Welcome to San Francisco."

这一次我远道而来，赴与友人一年一度的约会。

在抵达大厅等待了片刻后便接到了友人的电话："我看到你啦，你回头。"

我一转身，看到一辆银色的本田 SUV 缓缓停下，一个从容的身影迈步下车，相视的一瞬间我们都笑了。一年多未见，眼前的友人变得更矫健也更精瘦了，她一身加州打扮，卫衣牛仔裤加运动鞋，唯独长发边两颗小小的耳钉闪烁着宣告她的新变化。

　　我坐上车，看她熟练地驶出机场，开上高速。友人一边开车一边跟我说起湾区的气候。冬季的湾区仍旧一片苍郁，墨绿色的植被覆盖着海岸线，放眼望去两侧皆是开阔的丘陵，再远方就是海。上午的阳光已经有些耀眼，把一切都照出了金色的光晕。她开车的娴熟和声音里的恬淡让我有些恍惚，那一瞬间我确定了她的生活状态，我感到高兴，因为我知道她找到了属于她的生活世界。

　　认识她是在六年前的夏天，怀柔军训营地的太阳晒得人心神不宁。休息的时候我在楼道里又看到了那个与我个头差不多的女生，我注意她已经有一段时间了。

　　军训时我们系的女生与化学学院多出来的几个女生凑成了一个班一起集训，因为身高相仿，列队时她就站在我后面。她的相貌令我过目难忘，浓眉大眼高鼻梁，皮肤是健康的小麦色，而她走路时总是若有所思，我也没有找到合适的机会与她交谈。

　　直到一次训练间隙，我们躲在阴凉处休息，我终于找到机会问她叫什么名字，她居然拿起一根树枝，在沙地上一笔一画地写出自己的名字。很英气的字体，很诗意的名字。不一会儿，她拿出一本明黄色的《抽象代数》旁若无人地看起来。我惊讶得下巴快要掉下来了，军训的时候居然还看这种书？

　　我问她："你学化学也要看代数？"她解释说自己已经转专业到数学学院。我知道要进入数学学院并不是件容易的事情，又继续问：“那你降级了吗？据说转专业都要留一级。”她回答说：“我通过了学院考试，老师认为能够通过考试就代表我具备他们要求的学习能力，所以不必降级。”接着她向我抱怨因为军训已经一周没有好好看书了，这让她颇为烦恼。我那时认为她的这种焦躁是高中时高强度的学习留下的后遗症，以至于上了大学还会因为闲着不学习而惴惴不安。这是"学霸"们的PTSD（创伤后应激障碍），我心想。

于是我就以"学霸"称呼她。

渐渐地，我跟她熟络起来了。原本难熬的军训在最后的几天倏然而逝。文艺汇演的那天，京郊的夜晚难得地温柔。我们并排坐在操场上，看星空听虫鸣，露天舞台上的演出离我们很远，我们有一搭没一搭地聊着天。我偶然提起最近很爱听柴可夫斯基的《1812序曲》，她突然激动地握住我的手，两眼放光地说："我也很喜欢，高二备考的时候我反反复复听的就是这首曲子。"忽然她的神情有些黯淡，自顾自地说："我是校长实名推荐进入北大的。我们学校竞赛发展得不好，所以我没有经历过竞赛。高中的时候因为成绩一直不错，所以最后拿到了推荐的名额。那时候压力非常大，虽然知道能去北大了，但还是想要通过高考来证明自己的实力。"她沉默了片刻，略带自嘲地说，"最后考砸了。没能进入最想去的数学学院，可是我一直都很喜欢数学。"

我懂她的心情，因为我几乎与她有着一模一样的经历。高考对于十八九岁的我们来说似乎代表了整个世界，我们身上背负着家人的关切、学校的重视以及同龄人或多或少的比较，这些东西可以说是动力，但一不小心就变成了重负。我那时候还不明白，如果一直背负着这样的压力，试图以之为动力，会让我们陷入旋涡之中无法自拔，分不清自己想要的与外界期待我们去做的。

"最后你还是努力转到了数学学院。"我试图宽慰她。

"当我知道只要修够学分然后通过测试就可以转到数院的时候，只觉得自己好幸运。整个大一我上两所学院的专业课，还要确保成绩优异，最后成功换专业的时候，终于松了一口气。"她说起数学的时候，眼里有光。

是啊，她多么幸运。她在谈起数学的时候，那种由内而外的满足简直令人艳羡。后来的人生中，我遇到过许多寻寻觅觅的人，包括我自己，忙忙碌碌却不知道自己内心究竟想要的是什么，能够给自己带来安宁祥和的那一份追求究竟在何处。

$$\sin^2 a + \cos^2 a = 1 \qquad \frac{\sin a}{\cos a} = \tan a$$

$$a^2 = b^2 + c^2 - 2bc\cos A$$

军训结束后，我们回到了校园，因为既不同专业也不同宿舍楼，于是渐渐少了联系。直到有一天我去上自习，竟然在二教的小教室里碰见了她。她一身运动装，脚边还放了一只篮球，正沉浸在演算中。看到我时她仿佛刚刚从思绪中回过神来，我们相视而笑。我问她为什么带着篮球，她说她自习完了要去院系篮球队训练，准备"北大杯"比赛。

我站在球场边看她和队友训练，她的球风与她的性格一样，没有锋芒毕露，却尤其坚定。她为什么总是这么镇定自若？我甚至开始懊恼。

"你不觉得打球、训练会占用你刷题的时间吗？"我试探性地问她。

"我喜欢数学，也喜欢打球，而且我觉得和球队的人一起打球、吃饭挺好玩的。"多么简单的回答，因为喜欢。"你知道吗？上次我被篮协的人叫去给新生杯做裁判，吹得太严差点被揍了。"她狡黠一笑，像个顽皮的小孩子。

后来我才知道"学霸"的生活可不只有看书和打球。

有一天我去宿舍找她，那时候她还住在29楼，那栋宿舍楼又老又破，还紧临着熙熙攘攘的超市和楼下大叔的包子店，着实很有"老北大"的风范。

我推开门，看见她站在窗边拉小提琴，琴谱支在一边，阳光勾勒出她的身影，舒伯特的乐曲在破旧的宿舍里飘荡。她专注地拉完一曲，然后告诉我说想要报名学校的提琴社，说起入社的表演还有些紧张。

一个成绩优异又爱好广泛的好学生，这样的人在北大数不胜数。一开始我无法分辨各种类型的优秀，更不知道以何种心态在这样高密度的优秀者中找到自己的位置。

后来我慢慢明白了哪些优秀是用来向世人展示的，哪些优秀是因为内心的需求。"学霸"是哪一类呢？那时候我还说不准，我只知道，她是个做选择时不会犹豫的人。

整个大二我都在纠结中度过。我不知道应不应该跟随北大"四大俗"之一，去修经济学双学位。大家都在修"经双"，我告诉自己这一定是正确的道路，但内心深处总是有抗拒的声音，我知道自己对经济学的理论和模型毫无兴趣。

当时我最终还是选择了从众，于是我开始了周六还要上微积分的日子，不喜欢加上不擅长让我很痛苦。

有次去图书馆找"学霸"时，她仍旧保持着自习、打球、练琴的规律生活，原本我还认为她的生活是苦行僧式的，如今才暗暗羡慕她的怡然自得，她分明是得道高僧。我让她给我讲解微积分习题，边听边抱怨微积分太难、自己如何厌恶这些习题。

"学霸"耐心地讲解完题目，停下来问我："如果不喜欢，为什么要选择修'经双'？"

我被她问住了，随即有些羞愤，为自己辩解道："为了将来找工作，谋生活啊！人活着哪能那么奢侈，只做自己喜欢的事？"她也不与我争辩，只淡淡地说："做自己喜欢的事其实没有那么难。只是你的选择太多了，取舍标准不坚定的话，就会什么都想要，什么都舍不得放下，越来越纠结。"

我叹了一口气，明白自己的道行跟她比还是差得远了点，即便如此，她的那番话还是在我心里留下了痕迹。大二的末尾，我把经济学双学位退了。我以为自己会是毅然决然毫不犹豫的，实际上我还是三步两回头，害怕自己做了错误的决定。我把决定告诉"学霸"，她突然没头没脑地说："我们去故宫看雪吧！"

那天北京大雪纷飞，整个故宫掩映在一片洁白之中，赤红的宫墙和金黄的琉璃瓦在白雪下分外动人。尽管冻得直发抖，我还是被美景所震撼，兴奋地一直让"学霸"给我拍照，直到手机冻得开不了机。我们爬到景山上，望着雪中的紫禁城，突然觉得心中纠结的那些琐碎的烦恼实在太不值得一提了。

我明白了"学霸"的用意。她是一个不善言辞的人，我也是个很难被劝服的人，与其开导我不要想太多，不如带我出来散心，把眼光放长远。那天我们一直待到日落，"学霸"望着夕阳出神。后来我知道她很喜欢看日落，多年后我们也一同去过世界各地的高楼和高山，只为能够看到宁静的橙红色。

到了大三，我们又不得不做另一个选择：出国？保研？工作？我隐隐感觉到了离别的气息，一旦做出选择，也许将来的人生轨迹就渐行渐远了。我知道"学霸"是要出国的，我与她一同备考托福。我担心自己准备不充分，于是报了培训机构的补习班。

周六、日清晨我在寒风中等公交车去五道口上课，在几百人的课堂里听老师讲考试要领，抱回一大摞复习资料。

我把那些复习资料摊在"学霸"面前，她甚至没有翻开看一看。她只用一本单词书和一本官方考试指南。临近考试的时候我很紧张，害怕自己做得不好，我知道她信是她的孤独，但她那副泰然自若的样子还是深深刺激到了我。

她看我实在紧张，只好跟我说："焦虑都是因为对不确定性的担忧。如果你能够对自己的实力有准确客观的评估，就没有什么好担忧的，无非就是过与不过。过了当然好，不过大不了再考一次。"说罢她还认真地帮我改起作文来。

托福成绩出来的时候，我向"学霸"打听她考得如何，她有些不好意思地说："117分。"然后她告诉我,她准备申请去耶鲁做暑期科研了。我由衷地为她开心,她好像一个专心致志朝圣的人,心无旁骛,一路的艰辛都毫无抱怨,只是离圣地越来越近。

她一去就是两个月。中途她给我发微信说要在耶鲁数学系做一个讲座,有一些兴奋,还有一些紧张。那是我第一次听到她说紧张,这反而让我更喜欢她了。

之前所认识的她太过于完美,让人觉得触不可及,她偶然流露出的紧张反倒让我感到她的鲜活。我把她曾经说给我的话复述给她听,告诉她,在我心里她非常优秀。我知道她不缺夸赞,但在不安的时刻仅仅有人倾诉就会好很多。

后来她告诉我,讲座很成功。她一个大三本科生,向一群博士和教授介绍自己的研究,每说两句就会有人提问,但她充分地解释了所有问题,写下了满满一黑板的证明过程,得到了同行的认可。

她回到北京后,我们约在食堂吃饭,我问起她搞科研的感受,她回忆起那两个月的时候整个人简直熠熠生辉。

她说在耶鲁每天都会有博士生或者教授和她讨论学术问题,就像拉家常一样自然,做学术就是生活的一部分。在系里的酒会或者午餐会上,随时会有人自然而然地聊起研究。她还说,在那边的室友是个加拿大的数学博士,平时最爱研究墨西哥民谣,每天还会拉上她一起慢跑。

"很少遇见这么聊得来的男生。"她补上这么一句。

彼时北京是重度雾霾天。漫天雾霾折磨得人嗓子难受，眼睛发干。我扒拉着碗里的菜叶，问她："你要去耶鲁了吗？"她若有所思地说："他们给了我 OFFER，但我想去斯坦福。"

我心里涌起了许多情绪，有为她感到高兴，也有一些惆怅，还有一些羡慕。

"真好啊，有这么多选择。不过换作是我，应该很纠结吧，是接受耶鲁的 OFFER，还是申请斯坦福，忍受等待结果的忐忑呢？真是幸福的烦恼。"我替她分析道。

她淡淡一笑："没什么纠结的，我一直想去斯坦福。"

又一次，她在选择的时候毫不犹豫。

交完申请后，我约她去京郊的卧佛寺求 OFFER，她一听，扑哧一笑，见我似乎真的是有"迷信"的心理，又连声答应说："好好好，陪你去。"公交车开了很久很久，到了郊外景色逐渐开阔，寺庙里没有什么人，很是清净。

我到了殿里虔诚地拜佛，而她不进殿，只是在门口悠闲地打量着寺庙里苍翠的松柏。等我拜完，我们沿着石阶往回走，周围的绿荫与鸟鸣声相互映衬，十分宜人。忽然她感叹道："出国以后不知道什么时候才有机会一起出来玩了。"

两年中我们已经走得很近。她好像是我生活中一个恒定的坐标，只要在固定的时间，去固定的教室或者图书馆的某一层，就总能找到她，甚至不需要提前约好。我们会在自习结束后沿着操场或者穿过燕南园在夜色中走回宿舍，路过球场时篮球声星星点点，那些声、光、影，都是青春校园的符号。

除了自习，能让我们成为朋友更多的是因为我们兴趣上的共鸣。我说的每一个笑话她都能准确地接住笑点，我分享的每一个见闻她都能找到和我一样的槽点。我们对于小说、音乐、电影的喜好也惊人地相似。

这些细节让我觉得我们非常靠近，但她性格中的恬静自洽却又让我觉得遥不可及。相处中我总是抛出疑问、困惑和不安的那一个，而她总是用行动让我静下心来的那一个。她很少表现出脆弱，我想她的内心一定是非常强大，能够消化所有的负面情绪。

直到有一天，我俩去看了贾樟柯的《山河故人》。

结尾处叶倩文的《珍重》再次响起，赵涛饰演的女主角一个人在漫天大雪中独自起舞。我侧身看"学霸"，她用手擦了擦眼泪。

出了电影院已经是深夜，我们走在北京宽阔的马路上，橙黄的路灯看上去那么萧瑟，我们沉默不语。她黯然地说："人生免不了生老病死，我们现在做的一切，意义在哪里？"她突如其来的感叹让我先是一惊，半天说不出话来。我打趣说："你不会是要追随你师兄柳智宇的步伐去龙泉寺寻找人生的终极意义吧？"

她蓦然一笑。我望着她的侧影也陷入了沉默，那是她第一次将自己悲观的一面流露出来。

一直以来，她就像月亮一样，没有刺眼的光芒，总是在夜里宁静地散发光亮，然而我忘了，我们看到的总是月亮被太阳照亮的那一面。

我一直记得那晚的沉默，我没有试图回答她那突如其来的提问，我知道每个人都有各自的悲欢，没有一个人可以百分之百理解另一个人。那一刻我觉得她离我那么近，她的感叹在我看来那么自然；那一刻我又觉得她离我很远很远，我不知道她愁思的根源。或许我们都还太年轻，有相似的幼稚，又有各自的忧愁。

临近毕业的时候，她邀请我去听她们提琴社的毕业生专场演出。那时她拿到了斯坦福的全额奖学金，即将去那里攻读博士。而我做出了自己的选择，准备去法国留学。

那天我去花店买了一束鲜花，小心翼翼地捧着，像个迷妹一样准备献给她。那是我第一次看到她穿裙子，以往她总是穿球鞋牛仔裤，随时准备去打球的样子。

她请室友给她化了妆，第一次化浓妆的她一脸不习惯，我看着她乖乖地任由室友摆布的样子觉得特别有趣。她登台的时候在灯光下显得有些拘谨，我拼命给她鼓掌，她瞥到台下的我，会心地笑了，随即开始专注地拉琴。我望着她的身影，脑海里闪现出三年来我们相处的点点滴滴。

我曾经好奇过，她的优秀是为了向世人展示，还是内心的追求。三年后我有了答案。她很少为浮名所困扰，因为她只追求内心所渴求的东西。数学也好，音乐也好，篮球也好，都是她寻求内心宁静的方式。

结束的时候，我冲上台去给她献花。我也是个不善于用言辞表达情感的人，离别在即，我真心希望她能够继续她所热爱的学业，也希望她能够找到我未能回答的那个问题的答案。

出国之后由于时差，我们的联络没有那么频繁了。我来到法国后，一切都是新奇的。环境、社会规则、人与人的交往模式都与国内完全不同，每一次遇见新鲜的东西，总想与朋友分享，但隔着八小时的时差，实在无法随时分享细微的情绪。新鲜感过去后，我一度感到强烈的孤独。

那时我一个人租住在巴黎拉丁区的老公寓里，紧临着圣母院和先贤祠，每天到了固定的时间教堂会响起连绵不绝的钟声。其他时候，关上门就是绝对的安静，我要学会如何与自己独处，无法做到的时候就要学会忍受孤独。

巴黎最美的是春天，只需要一点点阳光，就能把整个城市所有的美映照出来；最难熬的是冬天，从入秋开始，凄风苦雨绵绵不

你要明白，哪些优秀是用来展示的，哪些优秀是因为内心需求。

绝，树叶掉光了，只留下干枯的树枝寂寞地伸向灰色的天空，目之所及满是阴郁的灰色，所有行人都穿着黑色或灰色的行装，抵御无孔不入的阴冷。

圣诞假期时，我邀请"学霸"来欧洲玩，我们计划去南欧几个国家旅行，她欣然答应了。可是在出发前几天，我突然遇到了一件麻烦事。本来出于好心帮别人操作的一笔大额外汇转账因为金融管制的问题被冻结在我的账户上，如果不能及时解冻就要耽误别人入学，而我一时也拿不出多余的几十万元来。

第一次遇到这样的麻烦事，我急得寝食难安。开口向家人求助，他们却不相信我所说的缘由，认为我被骗了，怎么都不愿意汇款给我解决燃眉之急。

在微信上聊天时，"学霸"看出我心情不佳，于是问我发生了什么事情。我原本不想求助朋友，毕竟亲人都觉得可疑的事情，又何必指望朋友能够解囊？我只将事情的来龙去脉说了一遍，权当是倾诉，没想到"学霸"丝毫没有犹豫，立刻发来一句："别急，我的奖学金可以全部借给你。"

我的泪水一瞬间涌了出来。她无条件的信任让我感动得无以复加。她并非出身富贵家庭，也需要靠奖学金支撑加州高昂的生活成本，但为了我的事情，她丝毫没有多虑，只希望能够让我从困境中脱身。

幸好后来通过与银行沟通，那笔钱及时解冻，解决了问题，但那次她及时的表态让我一直铭记于心。

她到巴黎时，我去戴高乐机场接她，看到她从通道里推着行李箱迈着我熟悉的脚步走出来时，我激动地挥手，她看到我，我们相视一笑。一年多未见，她一点也没有变，甚至还是我们前年去日本出游时的那身行头。坐上地铁回巴黎市中心，我们聊起彼此的近况。

"学霸"突然向我袒露心声："过去的一年里我一度非常焦虑。"极少流露负面情绪的她第一次直白地向我表露她隐藏的情绪。

她曾经告诉我，她不习惯向别人倾倒消极的情绪，认为那不仅无助于事情好转，还会让烦恼翻倍。所以每次都是我一股脑地倾诉烦恼，而她则是提供解决方案的那一个。我一直以为她的内心强大到能够独自消纳所有的情绪，或者通过打球和音乐得到排解，其实不然，每一个人都有不为人知的脆弱。

她说起在斯坦福的学习生活，虽然非常充实，但也需要一个适应的过程。正是在适应的时候，隔着太平洋忽然得知自己深爱的外祖母离世的消息，对她打击非常大。

她说，小时候打篮球就是外祖母教会的，记忆中的外祖母总是很健康，神采奕奕，教她像职业运动员一样打球。我想起我们去看《山河故人》的那一夜，说起人世间的悲欢离合，她曾经有难以抑制的困惑，我明白至亲的离世对孤身在异国求学的她意味着什么。

当步入20多岁的年纪时，我们的角色逐渐变得复杂起来，不再只是学生，我们还需要适应作为子女、伴侣、雇员和公民的角色，象牙塔内的喜乐忧愁不再是生活的全部，还有许多丰富的、复杂的境遇需要我们学着去应对。遇到困难时，如何去化解，甚至如何去寻求帮助，也是必要的技能。

短暂的忧伤过后，她调整了情绪，说起我们接下来的行程。"学霸"让我欣赏的一点是，她从不逃避，即使陷入困境，她也不会一味哀怨，而是冷静地寻找出路。

那时我得知了一个现象叫作"Stanford Duck Syndrome"（斯坦福鸭综合征），说的是斯坦福的学生像水面上的鸭子，看起来十分悠闲，实际上鸭掌在水下却需要拼命地倒腾。巨大的学业压力和同辈之间的压力早已让抑郁症、焦虑症的患病率在美国的精英校园里节节攀升。

于是我问她在斯坦福的压力如何。

她诚实地告诉我，有挑战，很刺激，当然也有压力，如果觉得自己承受不了时，就会寻找专业人士咨询。"没有什么丢人的，别太为难自己，必要时就应该求助。"她仍旧泰然自若。

那时候我才知道，她并不是内心强大到无需别人的帮助，只

是她能够坦然面对自己的情绪，并且找到有效的方式调节。

那一次，我终于看到了月亮背光的一面，那里并没有什么秘密，但是我却认识了完整的月球。她告诉我，加州也不是一年四季都阳光灿烂，有时候也会阴雨连绵，仿佛要让人质疑阳光加州的名声。但那就是真实的加州啊，不是吗？

旅行结束时我送她去机场。我们约定下一个圣诞假期我去加州找她。之后的一年中，我们各自在异国继续自己的学业，偶尔分享生活中的酸甜苦乐。

我看到她组队参加全美高校数学模型竞赛，一路晋级，要代表斯坦福去纽约参加决赛。领奖的那天她刚在球队打完球，用她的话说"被人高马大的美国人虐得够呛"，才从更衣室换上拖鞋就被通知去领奖，于是拍下了一张穿着拖鞋站在领奖台上拿着奖金支票的滑稽照片。

刚认识她的时候，她令人咋舌的学业成就还曾让我感到一丝自卑。这么多年过去，了解她的点点滴滴过后，我真心为她感到开心，而不是骄傲。

骄傲是一种炫耀式的情绪，而开心，则是最质朴诚实的情感。我知道她获得的一切都是她自己坚定的选择和坚持付出的结果，没有什么是从天而降的幸运。

一年后，我从巴黎搭上前往旧金山的航班，奔赴与她一年一度的相聚地点。落地加州的时候,我终于得以亲身感受到这两年多来她生活和学习的环境。她开车带我游览斯坦福宽阔的校园,在学院墙上,我看到她作为博士生的简介照片。照片上的她还是恬淡的样子,穿着简单的T恤,面对镜头略带腼腆地微笑着。

后来我们沿着一号公路驾车从旧金山开往洛杉矶。一路阳光明媚,加州绝美的海岸风光让人流连忘返。我们追逐着海边壮阔的落日,看海狮在沙滩上晒太阳。在车上我们漫无目的地聊天,音响里放着鲍勃·迪伦的音乐。

忽然音乐切换到了那一首《珍重》,叶倩文深沉的嗓音在怀旧的旋律中响起:

突然地沉默了的空气

停在途上令人又再回望你

沾湿双眼渐红

难藏依恋及痛悲

多年情不知怎说起

在何地仍然是关心你

无尽长夜为陪伴我怀念你

他方天气渐凉

前途或有白雪飞

假如能不想别离你

不肯不可不忍不舍失去你

盼望世事总可有转机

牵手握手分手挥手讲再见

纵在两地一生也等你

　　六年前，我们相识于怀柔的夏天，一同走过燕园里青涩的三年，如今我们各奔前途，相隔着山海，但我知道在最美好的年纪里我们已经彼此相知。未来的岁月，我们还会坚持一年一度的相约，也会各自努力去过自己的人生。

Tips

文科数学高考

一、学会刷题

学数学离不开做题，足够多的练习才能够获得做题的感觉，获得解题的状态和手感，所以首先我不排斥"刷题"。但刷题不代表盲目地刷任何题，很多同学拿着厚厚一摞试卷，漫无目的地就做起来，这样往往是没用的，不过是在机械地消耗时间。我认为，学习是讲究"套路"的，所以我建议大家集中刷一些高考真题、典型题。现在各类教辅资料琳琅满目，模拟题也无穷无尽，若是没有针对性、不加挑选地就去搞题海战术，怕是永远也刷不完我们需要的内容，并且不见得能够达到好的效果。

而最值得重视的是历届高考真题，因为高考题是出题人精心设计并综合了高中数学重点知识的成果，其综合性、相关性和代表性都远胜于各类模拟题，因此在复习阶段切记不能浪费每一道高考真题，不仅要解出答案，还要体会出题人考察具体考点的"套路"，并对此进行总结。很多模拟题通常剑走偏锋，能够解出这些题固然好，但与其把有限的时间花在这些难而怪的题上，不如踏踏实实地从高考真题中确认基础知识点是否都已经牢牢掌握，找到做真题的手感、状态和节奏。

二、重视错题

重视错题是另一项必要的工作。错题集很多人都会做，但会去认真总结为什么做错、反复练习错题、弥补之前的思维漏洞的人却不多。在收集了错题之后，最关键的是时常重新回顾这些错题，多做几次，不仅要想明白当时为什么会做错，还要能够强化思维的薄弱环节，加深对易错点的理解，寻求更加简洁的解题思路，这样才能够在再次遇到类似的难题时，重新建立信心，不至于因为缺乏信心而害怕，真正做到游刃有余。

三、有针对性地练习压轴习题

对于数学想要冲刺140分以上的同学，压轴题则需要有针对性地练习，时常找压轴题来做，即使不一定能够做完、做对，但面对压轴题能够不怯场，尽可能地拿下步骤分，给出解题思路，也是极为重要的。

数学往往是大家拉开差距的科目，面对数学，既不必畏惧，也不要好高骛远，夯实基础知识，以高考真题来强化知识版图，保持一定的做题量，让自己能够快速进入做题状态，保证速度和正确率，是取得理想分数的关键。

高 考 对 于 十 八 九 岁 的 我 们 来 说 似 乎 代 表 了 整 个 世 界，

一 不 小 心 就 变 成 了 重 负。

摄影：MeetBryan

Max /

2011 年考入清华大学新闻与传播学院，于 2015 年毕业，现就职于北京一家外企广告公司，任市场总监一职。

"大学期间除了学习，我还参与了很多校外的参访、实践和实习工作，主要目的就是为了能顺利拿到一个好的 OFFER。很多人都问我，作为他们曾经心中的'学霸'人物，为什么不选择继续读书，而是着急去工作呢？

其实从第一份实习起，我就很清楚自己要做什么，想过什么样的生活。读书对我来说是下一个人生阶段最重要的事，但在这一阶段，我想用工作证明自己的价值和存在感。

清华的文凭对我来说只是一个起点，我深知自己就是校园里极其普通的一份子，所以谦虚谨慎地继续前行。至于未来在哪里，我还不知道，但只要走下去，就会有崭新的目标和希望。"

Chapter -8　如果生活没有按照我们设想的去过

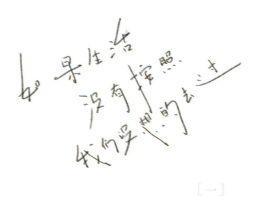

[一]

京城长风，天空湛蓝，大朵大朵的白云像淘气的胖宝宝，笨重又努力地移动着。北京一到这种好天气，就让人莫名地想出去走走。

从家门口的小路一直往前，两旁光秃秃的树木已经开始长出绿芽，空气中飘着很好闻的味道，那是阳光的香气，让人不禁联想到橘子树，想到被妈妈晒过的被子，或者是嗞啦嗞啦冒泡的汽水。小路尽头，阿崔已经站在那里等我了。

阿崔刚从美国回来，自然不想错过这难得的好天气，我们约出来聊心事。虽然风刮在脸上会有点冷，但她还是满脸兴奋，阔别了北京城的春天三年之久，新鲜感大于一切。

在我常去的公园附近，有一辆卖臭豆腐的小推车，一旁的阿崔兴致勃勃地望向我，眼里尽是贿赂我去买的信号。

"这个不太卫生，而且这样大好的春色，你吃臭豆腐我可不和你说话啊！"我用胳膊肘轻轻撞了她一下，表示婉拒。

"你是不知道，我在洛杉矶想买个煎饼都要开车跑老远，而且一张煎饼竟然要十多美元……"她拢了拢耳边的碎发，继续朝前走着。

见她并没有要改变方向的意思，我本能地站在原地表情痛苦地拒绝，她回过头，给了我一个没有任何商量余地的眼神，拉着我的胳膊就朝小吃摊走去。

几个月前——

"气死我了，气死我了，我不要在这儿待下去了，你家有地方住没？我明天就订机票回国！"早上七点四十分，我才睁开眼没多久，阿崔连哭带闹地一个电话就打过来了。

"大姐，你不是暑假才回来过，又出什么幺蛾子了？"我拉着长音，不紧不慢地问。

阿崔在北大念完本科后，去洛杉矶留学修新闻方向，毕业之后还保留一年的工作签。原本她打算找一家知名的华人公司工作，一直留在美国发展。虽然以她的文凭不算难事，但谁知今年政策不利，工作签名额收紧，作为不那么幸运的一批人中的一个，她没能留下来。

阿崔想着，既然国内的校招肯定赶不上了，索性就一直待到签证到期之前再辞职，然后在美国好好玩一个月再回国重新开始，可谁知道最后的这几个月，非常势利眼的新同事知道她留不下了，便一直找机会欺负她，各种摆脸色撂挑子地安排任务，整得阿崔一度情绪失控。

"你知道她有多过分吗？我们是每周三录节目，结果她这周五突然告诉我说，下周三要休春假出去旅行，来不了了。然后她把我们两个人的节目变成了她自己的节目，一个人就提前录完了！"她说这些话的时候，言语中带着很多的惊奇和不解，像极了当初从学校毕业初入社会的我。

"什么？你这么晚告诉我不说，连节目内容都自己决定好了？大姐，怎么说我也是这档节目的元老级人物，你怎么能说录什么就录什么，然后通知我直接播出就好了呢？"阿崔在电话那头滔滔不绝地吐槽，我在电话这端才刚刚有些清醒，等她稍微平静了些，我开始理性分析起这件事来。

"阿崔……我觉得也正常……"我思考再三，还是说出了这句听起来不那么友好的话。

"什么？你说正常？！"显然阿崔有点接受不了，又要爆炸。

"对啊，我跟你讲，你迟早要回国工作，这边不会像你在美国那样，大家对很多事情都不在乎，也没那么大压力，做完工作就能休假出去玩，冻不着饿不死的，几年下来还能开个车住个好房子。你回来要面对的，不止是工作压力、人际关系和生活重担，更是整个思维方式的转变，这可能会很痛苦，但我必须要提前和你讲。"我翻了个身，用胳膊抵着床铺撑起来半个身子，这样说话更有力一些。

"我们曾经在中国最好的大学毕业，象牙塔维护了我们的全部尊严和底线，也给了我们太好的保护，但走出校门，一切就都不一样了。不是每个人都会按照你设想的样子和你相处、共事，甚至会遭遇很多你难以理解的人，你在国外可能碰不到，但你一回来工作就全都遇见了，经历点什么'办公室政治'，遇见些不靠谱的同事，甚至是无能的上级领导，都太正常不过了。所以你真的要收起你的玻璃心，好好适应，不然你工作……"我还没说完，阿崔在电话那头"哇"地哭了出来。

"哎呀，大姐，没事没事，你回来我给你介绍工作，然后你住我这儿，我陪着你，好吧？不哭了不哭了……"我很头疼地翻过身去，整个人陷进床里。

面对阿崔我感到很无力，不知道该怎么说，但我知道我不能不说。

阿崔是那种极度单纯的人，单纯到你不忍心去破坏她辛苦建构的那个童话一样的美好世界。她很热爱生活，自己做饭，上班，帮邻居遛狗，给同事跑腿，对谁都很和气，没什么野心和要求。但这一切的平和都基于她没有碰到现同事这样的"坏人"，如果真的不小心跟这样的人结下梁子，以阿崔的个性，多半是遍体鳞伤的结果。

"气死了，连你也不向着我。我挂了啊，明天睡醒看机票，如果我冲动回了北京，你来机场接我！"阿崔每次遇到麻烦，都交给睡神解决。她能这样说我倒是安心了，因为第二天一醒，她通常就把烦恼忘得一干二净了。

"好，就这么说定了，去睡吧。"我轻声温柔地说。

其实有时候我也挺心疼阿崔的，念高中的时候，我们都是那种几乎把全部时间都奉献给学习的人。一年四季穿校服，梳简单的马尾辫，就连晚饭也是为了省事，直接到校门口取走妈妈带来的便当，一边看书一边塞满全嘴，吃完饭也顾不上什么淑女形象，用袖子一抹嘴，然后继续看书。

我还记得高三那年学校取消了体育课，因为没什么运动加上久坐，阿崔变得肥胖起来。不得不说，只懂埋头苦读的学生就像是没被打磨过的顽石，只在学习这一面发光，其他方面则暗淡无光。

我曾经在无数个联欢会、运动会或者精彩纷呈的学生活动里，看到过当时还很青涩的阿崔，她落寞的眼神和冷清的面容，那种躲匿在小小舒适圈里的失落与自我安慰，真令人心疼。

　　上了大学，我和阿崔被同一个专业录取，我们一起上课下课，才发现大学一点也没比高中轻松。"学霸"光环还没褪去，我们俩就都选了新闻专业，还额外旁听了一门艺术学、一门哲学课来充实自己。学长学姐常说，我们学新闻的人，不仅要学习各个领域的知识，还要自己扛机器、剪片子、做申请，别说谈恋爱了，就连回家的时间都变得很宝贵。

　　本科毕业后，我和阿崔选择了两条不同的路，我直接通过校招去了一家广告公司上班，迫不及待地想一展拳脚。而阿崔暂时还没有做好工作的准备，申请了美国一所还不错的大学，继续读研深造。

　　出去留学的这些年，阿崔打了好几份工，从小时工到实习生，从家门口到车程五十分钟的公司，忙得不亦乐乎。但即使这样，她每个月在美国赚的工资，也才刚刚好够补贴自己的生活费。

　　眼看留学生涯就要结束了，阿崔才意识到，没攒下来钱不说，就连找工作，好像都有了不同于往年的困难和压力。此时她只希望自己找到一份能顺利留下来的工作，这是她当前唯一的目标了。

　　所以有段时间她特别辛苦，常常加班四处求人，为的是一步一步拿优，获得领导的认可，这与之前很佛系的她相去甚远。

那段时间里，陪伴阿崔的是一个叫 Leon 的男孩。

Leon 是台湾人，操着一口女孩子很喜欢的台湾腔，说话做事都是很温柔的样子。我曾经提醒过阿崔，不要和 Leon 走太近，毕竟 Leon 是已经留在美国的人，在工作上又是领导，而阿崔是随时要做好回国准备的准毕业生，于公于私都不适合，我劝她不要给自己招惹不必要的麻烦。

但人在遇到爱情的时候，往往都是令人错愕难言的。阿崔一边用理智说服自己，一边又根本控制不了情感，她把自己全部的喜怒哀乐都展现给了面前的这个男孩。他们整天腻在一起，一起上下班、吃午饭，一起看电影，一起出去游玩。

她很困惑，搞不懂这个男孩到底是不是也喜欢自己，但有一点可以明确，那就是他肯定知道阿崔喜欢他。

在一段感情里，如果有一方表现得很明显，但两个人还是没能在一起，只有两个原因，一个是因为很爱，会产生本能的抗拒，因为太想得到而害怕得到；而另一种，就是不爱。

当然，对 Leon 我很自信地判断为，不爱。

毕业半年的时候，基本上工作签都有了眉目，阿崔的室友在北京、上海、南京等城市找到了新的工作，于是相继搬出了一起

摄影：Lilo

真正让自己咬紧牙关不放弃的那些精神，

往往都可以支撑自己往后余生。

合租的房子，离开了美国。室友们的选择让她突然有一种巨大的失落感和疑虑，她问自己，是不是还要坚决地留在这里，再做一次勇敢的尝试。

然而这种自我怀疑并没有停留太久，因为 Leon 鼓励阿崔为工作签努力一把。

Leon 和阿崔一起做了一档每周三播出的电台节目，据她说，收听率很高，算是当地华人圈比较知名的成功栏目。她说这些的时候，很明显语气里不全是对工作的骄傲，更多的是对 Leon 的认可和崇拜。

"他特别优秀，常常在节目里弹吉他，而且真的是腹有诗书气自华，很多东西随口就来，我都接不住话。如果没有他，这节目真是没啥看点。

"Leon 是那种你见他第一眼，就觉得自己太差了，太自卑了，原本以为自己读过的书、看过的电影足够支撑自己的知识储备，但在他面前，还是相形见绌。

"而且你知道吗？他从来不表露自己的才艺，都是我一点点发掘出来，然后带到节目上的，我觉得这样的男孩子也太完美了。

"所以我实在想不通，他这么用心做这档节目，就是为了有一个好的评级，然后帮我顺利拿到 OFFER，那我可以理解为他也喜欢我，希望我留下来吗？"

阿崔每次和我说起这些话题的时候，几乎是把"阿崔喜欢Leon"写在脸上，但即便是这样，他们两个人也还是谁都没有捅破最后那层窗户纸。

一直到今年春节的时候，阿崔的工作还是没有准信儿，她开始有预感，自己可能没办法继续待下去了。这个时候她变得异常焦躁，像以往一样给我们几个好朋友打了一整个通宵的越洋电话，主题却不是工作签，而是到底要不要和 Leon 表白。

表白，不然带着遗憾回国更痛苦，还要熬着时差倒追。

不表白吧，没有结果的爱情就让它停在这个阶段，万一被拒绝实在是太难过了。

表白，这也是给自己一个交代，我们都是成年人了，有什么承受不了的呢，说不定还能让她清醒成长呢！

……

大家众说纷纭，每个人的立场不同，但听起来都颇有道理。阿崔犹豫再三，最后还是被我坚定的提议打动，决定表白！

在我看来，一段不明不白的感情是没有任何利好的，哪怕表白被拒，摔了跤也不怕，我们还这么年轻，大好时光多的是，有什么好害怕的。如果一直不表白，那个人永远是你心里的白月光，他会影响你未来很多年对感情的判断和选择，但对他而言，你却只不过是很小的一件往事罢了，这对女孩子来说不公平。

阿崔最终听从了我的意见，一次借着两人在 KTV 的机会，鼓足勇气向这个男孩表白了。

至于得到的结果呢，我想大多数人都能猜到，不过大多数人也都猜不到——男孩拒绝了女孩，理由是，自己已经有女朋友了，在费城。

阿崔近乎崩溃地告诉我这个消息，但她只是像发通知一样地告诉我，并不需要我提供任何的安慰或者对策，之后就再也没有接过我的电话。

她用了很长时间去接受这个事实，像消化一块坚硬的石头一样，她把这个男生的全部社交软件翻了个遍，以傻乎乎地证明他是真的有女朋友了，而不是因为不爱自己。

但当她把蛛丝马迹全部拼凑在一起，可以确定 Leon 有一个神秘的纽约女友之后，才发现那是一个更大的深渊和寂静之地。

阿崔休息了整整一周没有去上班，她宅在家里喝酒、发呆，她不再精心化妆，也不再吃减肥低脂晚餐。那段日子我们这些朋友谁也不敢给她发信息，我知道，这个心理建设终归是要她自己做的，一场游戏一场梦，只有自己看清才能不深陷其中。

她再次去公司的时候，发现 Leon 已经申请离开了这档节目，取而代之的是另一位来自中国台湾的主持人，也就是前面说的那位总排挤她的女同事。

失恋的痛苦，空荡的内心，陌生的工位，倒计时的签证，短短半个月的时间，阿崔好像经历了自己人生中难以预估的起伏。

"我们在没有彼此的人生里，究竟都经历了些什么？"

某天深夜，她给我发过来这样一条信息。

我大概可以理解那个男孩的选择，像阿崔这种大大咧咧的性格，本身就很讨男生喜欢，相处起来舒服，不用顾虑太多，但一旦捅破了那层窗户纸，一切就不一样了。两个人从彼此有好感的朋友，上升到恋爱甚至是道德的层面，问题就复杂多了。

我一直认为，Leon 不坏，他和大多数男生一样，不是不知道她喜欢他，只不过他很贪心地希望这种喜欢是一种友达以上、恋人未满的关系，这样就会保留住这一份长情的陪伴和不计付出的喜欢。

阿崔在自我疗愈的阶段搬出了当时的家，这里曾经承载了她两年的留学记忆，现在她想试着忘记它。她在更远的地方租了一间小小的卧室，她说这样可以每个月省下来一点钱，留着买回国的机票用。

这些故事就像深夜入喉的烈酒，在我们无数次越洋电话中，给我难以言述的刺激。我多么想单纯的阿崔快点跨过这一段不好的过往，但人和人永远是彼此独立的个体，不管你们主观上多情

投意合、感同身受，客观上却谁也没办法插手谁的人生。

"我懂，我也没有好到哪里去。"电话这头的我鼻头一酸，我真的什么都做不了，我只能这样说。

[二]

一直希望阿崔留在美国，是因为我实在觉得北京的生活压力太大了，交通也堵，空气也差，房价很贵，想住像家里那样宽敞又精良的房子，几乎成了渺茫的奢望。

大学毕业后，我靠着还不错的文凭去了一家头部广告公司工作，在职场摸爬滚打的这些年，见识了太多比学习更残酷的竞争，也经历了一点都不少的失望。

前段时间给客户做一个方案，因为对方是第一次接触我们公司，又是一个很大的品牌，我郑重其事地拉着全组所有伙伴开了三天会，把方案做得像毕业论文一样仔细认真，希望自己能接到这一单。

但就在几天之后，突然知道客户最后还是选择了别的公司。我不解，是我的方案不够好吗，还是我们报价高、显得诚意不够呢？后来对方负责人说，原本客户觉得之前合作的那家公司报价高，所以想来询价其他公司，这才找到了我们，但询了一轮价格后，客户临时决定还是用原来熟悉的合作方比较放心，我们的那套方案客户根本没有看到。

这就是现实。

太多的努力不被看见，太多的尝试被忽略，不是所有合情合理的事情都会发生，而所谓的成长，大概就是有一天能心平气和地接受生活给予的任何一种馈赠吧。

以前念书的时候，我们班主任常说，谁也没比谁笨到哪里去，只要更用心刻苦一些，你的成绩就会更好一些。而我是典型的数学不好的女生，当年文理分科，就是因为这一点才选择了学文，结果到了实验班，数学还是落后尖子生一大截。

那时候黄冈试卷是出了名的好提纲，几乎重点题型和难点题型都会全面涵盖，我一口气买了好几本八开的卷子，回到家用手表掐着时间每天做一张。

整整一百四十八套试卷，我做了小半年，没有一天落下过。随着红色、黑色、蓝色的笔记密密麻麻地写在分门别类整理清楚的五个错题本上，我的数学成绩也有了很明显的进步，一直到高考，数学竟然成了我提分的科目，最后考了136分。

但工作以后，我愈发感觉自己是有天花板的，在用一些新的系统或者软件的时候，总是自然地比一些男同事要更难接受和习得，而这些看起来笨重的落后，是无论如何也没办法用熬夜刻苦就能弥补上的。我看着身边新进公司的男同事在一点点成熟、成长，每天都精神十足地去迎接挑战和失败，自己有一种深深的无力感。

我一直是一个很瘦的女孩，但今年立春之后，身体莫名其妙地水肿过两次，用毫不夸张的话来形容，就是大腿以下的地方难以置信地肿胀。我用阔腿的运动裤遮住水肿的小腿，却依旧连续好几天难掩崩溃低落的情绪，提不起工作的劲头。

这次身体的变化让我忽然意识到，女生的黄金时间真的好短暂，初老仿佛就是一夜间的事。

父母退休后，生活的重心便逐渐转移到我身上，从工作到感情，无一不得到细致入微的关心。但那段时间刚刚升职的我，每天除了加班还是加班，所以在因为工作累病几次之后，他们突然决定要来北京看我。

北京站很大，不常出远门的父母，即便打车也找不到出站后的上车点，他们定错了位，也自然找不到要坐的车；而陪我的那些天，把我的小家彻彻底底收拾干净了，却把我习惯用的东西摆到我怎么也找不到的位置……

用有些刻薄的话来总结，他们在我最不堪一击的时候制造出了更多的麻烦。

送父母回老家之后，我一个人回到房间，突然被一种巨大的烦躁感包围住了，累，前所未有的累，所有的事情都不在计划里的累。

工作这些年以来，我从没休过年假，却在那天直接跟老板请了假，迅速订了去美国的机票，想去陪陪正为工作和"男朋友"焦头烂额的阿崔，也需要用"离开"的方式来放松和调整一下自己。

我们在洛杉矶见面的时候，已经接近黄昏了，阿崔驾轻就熟地开车带着我绕来绕去，回到她不大却温馨的小屋。我们买了很多酒，换上大学时期的同款睡衣，把聊不完的话题聊个尽兴。

我像以前读书时抱着厚厚的专业书与阿崔讨论课业一样，侧过脸来很认真地问她："如果生活没有按照我们设想的去过，又如何呢？"

就像那年高考，冲着全校第一名奔去的我却意外失误了将近20分，与最爱的商科失之交臂，却有惊无险地在清华新闻与传播学院遇到了超常发挥的阿崔，并成了彼此人生中最好的朋友。

我们都在原本不属于自己的人生里，按部就班地学习、成长，如果说当初可以做到宠辱不惊地接受，那么为什么长大之后却这么患得患失，畏惧不前了呢？

"是啊，喜欢的人不喜欢自己，那就放手呗，一生又不是只有一次爱情。"

"工作有天花板，是因为你只看到了别人的闪光点，那就找一找自己的长处呗，你也知道，你是很优秀的。"

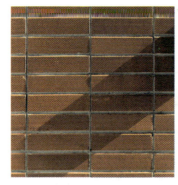

"变老谁都无法抗拒，尽可能放轻松呗，父母身体健康，一群死党陪着，变老也是快乐的呀。"

我和阿崔在干杯中一次次与自我和解，她还是一样继续她的生活，我也会继续我的日子，挑战依旧不会少，但我们都会关关过。

[三]

在留学的最后几个月，阿崔的工作签终归是没有落定，她也坦然地接受了这个事实，也不再妄图能够留在洛杉矶生活。但留在美国，是她一直以来的梦想，而这次她终于想明白，好好享受它，才是珍惜它、保护它的最好方式。

她决定不对这一次的失败做过多的解读，现在最重要的是摆脱缠身的阴霾，不管怎么样，她要尽量开心起来。

于是她开着那辆已经挂着"出售"字样的车，穿过那座城市的很多街道，打卡了很多收藏夹里的餐厅、旧书屋和充满回忆的街角，毕竟此刻作为那个城市渺小的主人，下一次再来，就是远方的游客了。

她和 Leon 有了一次正式的告别，地点选在了他们第一次见面的地方，她很潇洒地告诉他，虽然我依然喜欢你，虽然可能短时间内没办法忘记你，但我们互相删掉联系方式，这一次离开，就不会再遇见了。好像有了这么笃定的判断，两个人的表情都更轻松了些。

她也和那个女同事一样，做了一期只有自己感兴趣的节目，直接在节目录播开始前的那个周三，通知同事自己身体不舒服，没办法来公司了。她把录好的节目放在电脑桌面，底气十足地告诉同事，要么选择直接播，要么选择自己上。一直欺负阿崔让她准备全部节目稿子的同事，自然一时准备不全内容，无奈之下只好放了这一期节目，结果收听率却意外地高。

阿崔开着车疾驰在去邻郊欢送派对的路上，她打开广播频道，听着只有自己一个人的声音，这两年的种种，不论好的坏的，都如白驹过隙一般在脑海浮现、闪过，在美国的最后几天里，她终于由着自己任性了一把。

此时此刻阿崔已经回到北京快一个月了，新工作刚起步，忙得不可开交，但毕竟是她喜欢的新闻岗，自然也就甘之如饴。

每天早晚两班，她已经快把地铁路线摸熟了，原来不开车的时候，可以有时间在地铁上补觉或者看书，虽然累一点，但也是一种生活体验。

Leon还是会出现在生活角落里，在奶茶杯的吸管上，在电影院的邻座上，但已经越来越模糊，甚至要仔细想想，才能有张稍微清晰的脸一闪而过。况且有我们这么多的"Leon"陪着她，好像

"失恋"也没那么难以挺过了。

而我呢?

依旧每天规律地上班。我知道,可能很多努力一时半刻没有结果,甚至说,我们都深知一辈子也不会有什么特别大的成绩,但依然可以在每天的工作中积累人生价值感,依然可以在工作中找到自己想要的东西。

我慢慢发现,不再逼迫自己成为什么样的人、接到什么样的项目,而是帮助和引导别人,尤其是那些初入职场、像几年前的我一样的男孩女孩们,也是一种自我成就。

后来我还水肿过一次,只是这一次,不会再蒙在被子里哭了,我慢慢接受人变老这个事实,并且做出积极的调整。我一点点调整自己的作息和情绪,减少吃外卖的频次,学着给自己做饭。简单的杂粮粥,煎三文鱼,健康的生活方式让我有更大的热情去面对生活的重压,渐渐地,我好像不觉得自己老了。

突然有一天,父母不再因为担心我的生活而来北京,我也不再抗拒他们突如其来的关心,我们约好一起去香山看红叶,我很开心地去车站接他们,买上一堆好吃的,把家里收拾得井井有条。我很幸福地让他们看到,女儿拥有了好好生活的能力。

你看,生活确实没有按照我们设想的去发生,但我们不是都过得好好的吗?

［四］

春日里的好风光把曾经的那些阴霾一扫而光。

几个月后我们在常常打几个小时电话的这条马路上，端着臭豆腐，扯着嗓子手舞足蹈地比画着自己现在的生活。路上的行人络绎不绝，谁也没有因为谁的遭遇而停下半步。

有些事情能够控制，有些事情难以左右，我们并不是在逃避什么，也不是在给自己找借口，只是相信时间，它就像最神奇的魔术，总会把我们变得更加从容、更加充满耐心，这也是岁月最真挚的魅力所在吧。

很快，我和阿崔把一整盒臭豆腐都吃光了，我们笑着打趣，牵在一起的手也更紧了一点，北京相聚，想起美国初见，一切如过眼云烟。

都会过去的，要坦然接受啊。

Tips

英 语 学 习

> 我比较擅长的是英语这一门，一直觉得学习语言最重要的是培养习惯，其实很多人英语成绩不好，大多数是由于没有养成好习惯。试想一下，我们的母语都是中文，但为什么在最初学习英语的那段时间，有的人可以磕磕巴巴地拼凑出一整个句子，但有的人只会说几个单词，甚至有的人连几个单词都说不出来？这里面有天赋的因素，但更多的，是后天对于语言的一种自我掌控力。

其实学习英语并不难，我们都不是初学者了，大多数人都能用一些词汇进行简单的沟通，但只有这些是不够的，不论是应试还是为今后考虑，我们都要重视英语这门学科。对我来说，一是要从基础性的事情做起，短时间内看不见效果的，才是重要的；二是要敢说、敢听、敢写、敢练，在磨砺中进步成长；三是要打破固有的观念，向更高的标准努力。

一、从基础练习做起

首先，我们要从一些基础性的练习做起，比如发音。

背过单词的同学肯定知道，词汇量是一个人英语水平高低的很重要的因素，要想有很不错的词汇积累，首先发音不能偏差太多。英语的很多词汇记忆，是可以靠音节、发声来帮助我们的，虽然每个人的发音习惯不同，甚至口音也不同，但至少先念对每一个单词，才能念好每一个句子。

再比如，我们都想追求流利的口语，追求长段的漂亮句子，但是如果没有词汇基础，是没办法支撑我们整段交流的，这时候就需要有大量的单词储备。我个人建议是每天背10个单词，不求多，但求能坚持。高中时期我也尝试过每天背15~20个，但发现有时候学习任务一多，或者偶尔被考试等事情打断，反而会降低我们背单词的质量和效果，所以保持10个比较容易操作，也更好坚持。

二、敢说、敢听、敢写、敢练

有了基础之后，就可以多做一些整体性的训练了。比如听、说、读、写这四个方面，在高考中样样都必不可少。

1. 听力

听力这部分，我会习惯带着随身听，没事的时候就播放一些片段，可能并没有什么习题训练那种规范性的内容，但就像父母每日在耳边念叨家常一样。把这些英文内容放在耳边，久而久之能习惯语感和一些表达方式，会有很好的效果。

2. 口语

口语这部分没什么好建议的，就是鼓励大家一定要大胆去说。我有一个同学上学的时候英语极差，但他很敢和老师对话，虽然经常说不对，但他对英语有一种执着的热爱。可能当你真正因为喜欢而去做一件事情时，投入的精力以及认真程度，也会影响你的结果吧。事实也是这样，他虽然底子不好但成绩反而不差，所以我们一定要敢说，不然学习英语就成了一件强迫的事情，反而事倍功半。

3. 阅读

我们要多读一些英文文章锻炼语感，包括阅读理解、完形填空，其实在读文章的过程中，你自然会知道为什么选择这个答案，而不是另一个答案。有时候凭借语感，比脑袋里的知识点还要能更快速准确地得出答案。我在高中时很喜欢坐在桌子前读文章，大声地朗诵，哪怕是做过的题，读出来，也可以增加语感。

4. 写作

至于写作，我会给自己规定限时写作训练，每次大概15分钟，用高考的标准给自己出题，然后拿给老师去判分、修改，久而久之，也会有不错的效果。

其实对于学习英语，在进入大学甚至更远的学习阶段后，你会发现高中的那些习惯可能只是为了拿分，已经远远不能满足现在对于学术或者商务英语的要求，但是曾经养成的这些习惯，依然会让我不停地记忆单词。每天早上听英文广播，看美剧的时候跟着大声念台词，习惯用英文跟留学生交流，一直保持一个很好的语言状态。而我也很笃定，如果你坚持这

样做下去，也一定会有很大的
进步与收获。

"

做　自　己　喜　欢　的　事，　其　实　并　不　难。

图书在版编目（CIP）数据

向着你的方向生长 / 苑子文主编. — 南昌：百花
洲文艺出版社，2019.8
　ISBN 978-7-5500-3308-5

　Ⅰ.①向… Ⅱ.①苑… Ⅲ.①随笔 – 作品集 – 中国 –
当代 Ⅳ.① I267.1

中国版本图书馆 CIP 数据核字（2019）第 137770 号

向着你的方向生长
XIANG ZHE NI DE FANGXIANG SHENGZHANG

苑子文 主编

出 版 人	章华荣
出 品 人	柯利明　吴　铭
总 策 划	张应娜
责任编辑	刘　云　李　瑶
特约编辑	李沙沙
封面设计	小茜设计
版式设计	江王娆
出版发行	百花洲文艺出版社
社　　址	南昌市红谷滩世贸路898号博能中心Ⅰ期A座20楼
邮　　编	330038
经　　销	全国新华书店
印　　刷	三河市双升印务有限公司
开　　本	880mm×1230mm　1/32
印　　张	8.5
字　　数	150千字
版　　次	2019年8月第1版
印　　次	2019年8月第1次印刷
书　　号	ISBN 978-7-5500-3308-5
定　　价	45.00元

赣版权登字 05-2019-146

发行电话 0791-86895108
网址 http://www.bhzwy.com
图书若有印装错误，影响阅读，可向承印厂联系调换。

向 着 你 的 方 向 生 长

人 生 无 处 不 惊 喜，愿 你 也 渡 过 这 关，并 一 路 璀 璨。

The End.